鴻儒堂的日本語工具書・HJT Press Japaness Textbook Series

日本語能力測驗２級對應　中級

日本語測驗
STEP UP
進階問題集

自我☑評量法

Self-graded
Japanese Language Test
Progressive Exericises
Intermediate Level

up

step

星野惠子・辻 和子・村澤慶昭 著

鴻儒堂出版社

前言

　　面臨「日本語能力測驗」卻又不知從何準備起？或已經著手準備，但對自己的實力仍有不足之感的學習者們，請務必研讀此書，以提昇你的實力！

本書的特色

① 2 級程度的題庫大全

　　本書收錄「日本語能力測驗」2 級程度之《文字‧語彙》《文法》《讀解》等各式題目，且題型幾乎與正式測驗相同，有助於你熟悉題型。

② 階段式學習、逐級而上

　　題目分階段匯整，便於安排學習計劃，幫助你由淺入深節約時間，增進效果。在《文字‧語彙》中，由「名詞」至「副詞與其它」分為 5 節；《文法》則將形式相似、意思相近者分為 16 節；而《讀解》則區分為短文、圖表和長文等三大類題。

③ 可自我計分、測試目前實力

　　每節後面都有解答和成績欄，馬上可以核對答案，在由成績欄中答對的%立刻了解自己目前的實力。「日本語能力測驗」2 級最低的及格標準為 60%，但建議你將目標稍稍提高至 70%。倘若無法達到目標，則再回到《文字‧語彙》《文法》《讀解》重新研讀。

④ 活用題解

　　《文法》《讀解》的題解將提示你解題的要點。你可以按照＜確認問題之重點→解題→核對答案→得知成績＞的流程，再詳讀解說，相信你的實力必能日益增進。

　2000 年 8 月

編者啓

目　錄

【讀解】

【模擬測驗】

本書的使用方法

本書由以下 5 個部分構成：

1【實力鑑定測驗】 2【文字・語彙】 3【文法】 4【讀解】 5【模擬測驗】

首先，請利用【實力鑑定測驗】測出自己的實力。若你的得分在 70%以下，你得找出自己在什麼地方較弱；若得分在 50%以下，則還是要加把勁努力才行。

接著，請研讀本書中【文字・語彙】【文法】【讀解】各頁，同時提醒你，別忘了利用成績欄評量自己的成績。

最後再透過【模擬測驗】檢測實力，將此一檢測所得的成績與【實力鑑定測驗】的成績相比，你的學習成果應可藉由成績的提昇，而得到最好的證明。

【文字・語彙】

【文字・語彙】由以下各部分構成：

① 「重要名詞 100」之 1－第 1 節

② 「重要名詞 100」之 2－第 2 節

③ 「重要動詞 100」－第 3 節

④ 「重要形容詞 100」－第 4 節

⑤ 「重要副詞及其它 100」－第 5 節

⑥ 綜合問題

各部分的構成大致如下：

語句・漢字確認頁

確認你是否了解 100 個單字的意思和用法，將中級範圍的漢字試著填入〔 〕欄中，再利用〔漢字檢測〕欄來核對。

挑戰漢字

計有和字選擇、漢字書寫與假名書寫等問題，大部分都是歷屆考古題相同形式的題目。

挑戰語彙

在空白欄中填入適當單字與選擇意思相同的單字 2 種，本類題目係與實際測驗一般的題型。

綜合問題

綜合名詞、動詞、形容詞、副詞等問題，除第 1~5 節各 100 個單字外，沒有出現過的單字問題亦有列入。

【文法】

【文法】是由以下各部分構成：

①文法檢測 150 題

有關中級程度的 150 個句型問題，可確認你是否對中級的句型一一了解。

②第 1~16 節

將中級句型中「文型相近」「意思類似」者分為 16 節，各節約占 2 頁左右，左頁為題目，右頁為解說（意思和特徵、例句）與解答。當你做完題目可立即計分，測驗實力。若成績在 70%以上，則只需參閱右頁的解說，確認錯誤之處即可；若成績在 70%以下，則要詳閱右頁全部的文型說明，致力於理解其意了。

③綜合問題 1‧2

將所學之各節再做一次綜合性的測驗，各回題目後面均附有解答，作答完畢可立即核對並計算成績，與「日本語能力測驗」2 級相當的中級程度，60%是及格最低標準，但請你將自己的標準提高至 70%，有作錯的地方務必再回頭至各節中，確認其句型的意思與正確的使用方法。

日本語能力測驗《文法》之中級程度裡涵蓋的出題範圍相當廣，其句型有 200 個以上之多每年從裡面出 35 左右，而其它的句型亦散見於讀解與文字‧語彙的題目中。此外，讀解或文字‧語彙的題目中亦有出現初級程度的句型與表現法，尤其是敬語，初級程度學過的，往後也常在中級乃至上級中出題，所以對初級的文法、語彙亦不可放過，要記得複習。要將 200 個以上的句型完全精熟，確實相當辛苦，但《文法》卻是有範圍的，至要你確實準備，必能拿取高分。而在本書，希望你能充分備考，得分要在 70%以上才行。

【讀解】

【讀解】是由以下部分構成：

①第 1 節・・・・短文篇

　【答看看！】【命中！解法】【解答・解說】【挑戰題】

②第 2 節・・・・圖表篇

　【答看看！】【命中！解法】【解答・解說】【挑戰題】

③第 3 節・・・・長文篇

　【答看看！】【命中！解法】【解答・解說】【挑戰題】

④綜合問題

　「日本語能力測驗」的《讀解》上級和中級的出題方式是一樣的，包括長文和短文兩部分。長文部分多為論說文、隨筆等，不管是何類型文章，都需在短時間內閱讀相當份量之文章後，思考問題的解答，故非具備有較佳的讀解能力、語彙能力與漢字知識，否則無法取得高分。至於要如何準備呢？當然要先大量的閱讀，而且不僅僅閱讀，更要緊的是要讀有關閱讀測驗的文章，做讀後答題的訓練。本書【讀解】的例題附有解題方法和解說。當你答錯時，請閱讀解說，確認正確答案。此外，【挑戰題】中有填充，你能在作答之後便養成尋找正確答案的技巧。

※ 各節的成績

　問題的解答皆列於各節之後（【讀解】部分則全部整理在 3 節結束後）得分表中上面為分數，下面為%，自己得到幾分可用色筆做記號，一目了然。

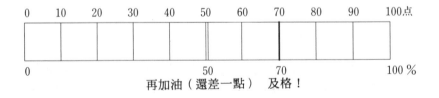

実力判定テスト

文字・語彙

問題 I　次の文の下線をつけた言葉は、どのように読みますか。その読み方をそれぞれの 1・2・
　　　　3・4 から一つ選びなさい。

問 1　(1)床から(2)天井まで、この建物にはさまざまな(3)工夫が見られる。

(1)　床　　　　　1．ゆか　　　　　2．とこ　　　　　3．しょう　　　　　4．そこ

(2)　天井　　　　1．てんじょ　　　2．てんせい　　　3．てんい　　　　　4．てんじょう

(3)　工夫　　　　1．くふう　　　　2．こうふ　　　　3．こふう　　　　　4．くふ

問 2　日本(1)列島は(2)南北に長く、本州をはじめとするいくつかの島から(3)成る。

(1)　列島　　　　1．れっとう　　　2．れつしま　　　3．れつとう　　　　4．れつじま

(2)　南北　　　　1．なんほく　　　2．みなみきた　　3．なんぼく　　　　4．とうざい

(3)　成る　　　　1．なる　　　　　2．もる　　　　　3．かる　　　　　　4．さる

問題 II　次の下線をつけた言葉は、漢字（漢字とかな）でどう書きますか。それぞれの 1・2・
　　　　　3・4 から一つ選びなさい。

問 1　修理代は、(1)みつもりを(2)おおはばに(3)ちょうかしてしまった。

(1)　みつもり　　　1．密盛り　　　2．見積り　　　3．満盛り　　　4．未積もり

(2)　おおはば　　　1．大富　　　　2．大副　　　　3．大幅　　　　4．大福

(3)　ちょうか　　　1．超過　　　　2．長加　　　　3．張価　　　　4．重貨

問 2　(1)そふは、医者に「(2)せいねんに(3)まけない体力がある」と言われて喜んでいる。

(1)　そふ　　　　　1．祖父　　　　2．祖母　　　　3．伯父　　　　4．叔母

(2)　せいねん　　　1．成年　　　　2．盛年　　　　3．精年　　　　4．青年

(3)　まけない　　　1．敗けない　　2．負けない　　3．貧けない　　4．埋けない

問題 III　次の文の＿＿＿＿の部分に入れるのに最も適当なものを、1・2・3・4 から一つ選びなさい。

(1)　このりんご、＿＿＿＿はいいけれど、味はそれほどでもないね。

　1．ながめ　　　　2．見出し　　　　3．目当て　　　　4．見かけ

(2) 今朝は気温が_____になって氷がはった。

　　1．プラス　　　　　2．マイナス　　　　3．マイクロ　　　　4．マスコミ

(3) この問題についてみなさんの_____ご意見をうかがいたいと思います。

　　1．そっちょくな　　2．げんじゅうな　　3．きまぐれな　　　4．すなおな

(4) あの先生はいつも話が_____から、授業がなかなか進まない。

　　1．はずれる　　　　2．はなれる　　　　3．それる　　　　　4．とれる

(5) そんな_____生活をしていると、今に体をこわしてしまうよ。

　　1．もったいない　　2．くだらない　　　3．たまらない　　　4．だらしない

(6) 1日水をやるのを忘れたら、もう花が_____しまった。

　　1．しぼんで　　　　2．しずんで　　　　3．しぼって　　　　4．しばって

(7) この辺りは、人も車も多く、下町の_____にあふれている。

　　1．ようき　　　　　2．かっき　　　　　3．のんき　　　　　4．けいき

(8) 自分が悪いのに人のせいにするなんて、_____よ。

　　1．りこうだ　　　　2．ひきょうだ　　　3．のんきだ　　　　4．ようきだ

(9) まだ幼いのに、その子は質問に_____と答えた。

　　1．まごまご　　　　2．いらいら　　　　3．うろうろ　　　　4．はきはき

(10) 軽い冗談を言っただけなのに、彼女は怒って私を_____。

　　1．ほほえんだ　　　2．ながめた　　　　3．にらんだ　　　　4．のぞいた

(11) 失敗したのは、たしかに私のせいだが、私ばかりを_____くれ。

　　1．ほめないで　　　2．しめないで　　　3．つめないで　　　4．せめないで

(12) 良い製品を作り売ることで、会社の_____は上がるはずだ。

　　1．トーン　　　　　2．スペース　　　　3．イメージ　　　　4．サイクル

(13) 一体だれがこんなことをしたのか、_____もつきません。

　　1．見地　　　　　　2．見当　　　　　　3．期待　　　　　　4．予期

文法

問題Ⅰ　次の文の（　　）に入る最も適当なものを、1・2・3・4から一つ選びなさい。

(1)　この会を始める（　　）あたり、会長から一言ごあいさついただきます。

　　1．の　　　　　　　2．に　　　　　　　3．を　　　　　　　4．と

(2)　彼は別れるとき、ちょっとさびし（　　）な表情をした。

　　1．がち　　　　　2．気味　　　　　3．げ　　　　　　4．みたい

(3)　短時間で作った（　　）、この作品はよくできている。

　　1．にしては　　　2．だけに　　　　3．をとわず　　　4．にくらべて

(4)　私たちの友情が変わる（　　）続きますように。

　　1．までもなく　　2．どころではなく　3．ばかりか　　　4．ことなく

(5)　郵便局へ行くんなら、（　　）このはがきも出してきてくれないかなあ。

　　1．ちょうど　　　2．ともかく　　　3．ついでに　　　4．かえって

(6)　はいてみなかった（　　）、サイズの合わないくつを買ってしまった。

　　1．ものの　　　　2．ばかりに　　　3．といって　　　4．からこそ

(7)　宝くじで1000万円当たった（　　）、うらやましいなあ。

　　1．なんで　　　　2．など　　　　　3．なんか　　　　4．なんて

(8)　この雑誌はどちらかというと男性（　　）だ。

　　1．っぽい　　　　2．らしい　　　　3．みたい　　　　4．むき

(9)　こんなにまちがいの多い作文は、直し（　　）がない。

　　1．よう　　　　　2．かた　　　　　3．こと　　　　　4．ところ

(10)　死ぬ（　　）働いているのに、借金が多すぎて、なかなか楽にならない。

　　1．だけ　　　　　2．のみ　　　　　3．ばかり　　　　4．ほど

(11) 1年間でお金が倍になるって？　ちょっと信じ（　　）ね。

　　1．やすい　　　　　2．がたい　　　　　3．かねない　　　　4．がちだ

(12) 約束の時間に1分でも（　　）ものなら、彼女は怒って帰ってしまうだろう。

　　1．遅れた　　　　　2．遅れる　　　　　3．遅れよう　　　　4．遅れない

(13) 高木さんとは一昨年の秋に会った（　　）、全く連絡がとれない。

　　1．きり　　　　　　2．だけ　　　　　　3．さえ　　　　　　4．とき

(14) 希望の大学に合格したときは、大声でさけびたい（　　）うれしかった。

　　1．だけに　　　　　2．かぎり　　　　　3．くらい　　　　　4．まで

(15) となりのうちの犬は、私の顔をみた（　　）ワンワンほえだした。

　　1．ところ　　　　　2．とたん　　　　　3．とともに　　　　4．というと

(16) 手続きに必要な書類は送ってくれますから、わざわざ取りに行く（　　）ありません。

　　1．ことは　　　　　2．ところで　　　　3．ことでは　　　　4．はずでは

(17) 時がたつ（　　）、二人の関係は冷めていった。

　　1．にかかわらず　　2．にそって　　　　3．につれて　　　　4．にわたって

問題Ⅱ　次の文の（　　）に入る最も適当なものを、1・2・3・4から一つ選びなさい。

(1) 小説を読んでいるうちに、（　　）。

　　1．友達から電話がかかった　　　　　2．いつの間にか眠ってしまった

　　3．おもしろくないのでやめた　　　　4．とてもおもしろかった

(2) こちらのミスで迷惑をかけた以上、（　　）。

　　1．相手によくわびるしかない　　　　2．相手にあやまってすめばいいが

　　3．相手は大変困っている　　　　　　4．相手に許してもらえるだろうか

(3) それではみなさま、新製品を（　　）と存じます。

　　1．お目にかかりたい　　　　　　　　2．ご覧になりたい

　　3．お目にかけたい　　　　　　　　　4．ご覧くださる

読解

問題Ⅰ 次の(1)から(3)の文章を読んで、それぞれの問いに対する答えとして最も適当なものを1・2・3・4から一つ選びなさい。

（1）

「一姫二太郎」という言葉がある。これは本来、「最初の子供は女の子のほうがいい、次は男の子がいい」という意味であった。最初は女の子の方が育てやすいというのが表向きの意味だが、家を継ぐ男の子が最初にできなかった人への慰めの気持ちを込めて使われていたようだ。しかし、この本来の意味が現代では変わってきて、「女の子一人、男の子二人」という意味で使う人が増えている。出生率の低下が社会問題となっている現在では（　　　　）のほうに関心が向くからだろうか。

（参考：『読売家庭版』1998 年 1 月号による）

（注）家を継ぐ：その家の主人になって、家を続ける

問1 「表向きの意味」とあるが、「真の意味」は具体的にはどのようなことか。

　1．「最初は男の子でなくてもいい。その後男の子を生めばいい」ということ

　2．「男の子でなくても、女の子が家を継げばいい」ということ

　3．「家を継ぐ人がいないのは問題だが、あきらめたほうがいい」ということ

　4．「男の子は育てにくいから、女の子だけのほうがいい」ということ

問2 （　　　）の中に入る適当な言葉はどれか。

　1．女の子より男の子　　　　　　　　2．出生率より子供の数

　3．順序より数　　　　　　　　　　　4．個人的な問題より社会的な問題

（2）

　二十年以上前の話だが、私ども家族は半年ほど住んでいたシカゴ市内のアパートから郊外の一軒家へ引っ越ししたいと思い始めた。やがて手ごろな一軒家を郊外に見つけ、引っ越しの意向をアパートの大家に伝えると、ある晩彼が訪ねて来て、次のような話をした。

　「昔、ある所で、8人の男の子のいる一家がたった一部屋の中で暮らしていた。8人の男の子はその一部屋の中で暴れまわり、騒がしさに奥さんは半ばノイローゼになって、牧師さんの所へ相談に行った。すると、＿＿＿＿＿ア＿＿＿＿＿。奥さんは、不審には思ったが、なにしろ牧師さんの言葉だから、言われた通り家の中で山羊を飼いだした。すると、＿＿＿＿＿＿イ＿＿＿＿＿＿。たまりかねた奥さんは再び牧師の所へ相談に行った。すると、＿＿＿＿ウ＿＿＿＿。そこで、＿＿＿＿エ＿＿＿＿。それ以降、この十人家族

は仲良く、平和に暮らすようになった。―――あなたも（　①　）キリがありませんよ。」
（畠山　襄「あすへの話題」1996 年 9 月 10 日付日本経済新聞による、一部改）
（注1）ノイローゼ：神経症　　（注2）牧師：キリスト教プロテスタント教会の聖職者

（注3）不審：変だと思うこと　　（注4）山羊：動物の種類　　（注5）キリ：終わり

問1　　下のA～Dは、上の文章のア、イ、ウ、エのどこかに入る文です。正しい組み合わせのものを
　　　　選びなさい。

A　　8人の男の子と山羊とが、狭い家の中で暴れまわり、以前よりひどい状態になった

B　　奥さんは山羊を飼うのをやめた

C　　牧師はそれでは山羊を飼うのをやめなさい、と言った

D　　牧師はそれでは家の中で山羊を飼いなさい、と言った

1．　ア：A　イ：C　ウ：B　エ：D

2．　ア：D　イ：A　ウ：C　エ：B

3．　ア：D　イ：A　ウ：B　エ：C

4．　ア：A　イ：D　ウ：C　エ：B

問2　　（　①　）に入る適当なものはどれか。

1．平和に暮らしたければ　　　　　　　2．上を見れば

3．山羊と一緒に暮らせば　　　　　　　4．一軒家に住めば

（3）

　われわれは一体どれだけ眠ったらいいのだろうか。従来、1日を3等分し、8時間労働し、8時間休息し、8時間睡眠するのが生活の基準として最良であると考えられてきたが、睡眠について言えば、「時間」だけでは不十分である。正しくは、「深さ」という要素をも取り入れた「睡眠の量」を考えるべきで、その関係は、

　　　　　睡眠の量＝睡眠の深さ×睡眠の長さ

という式で表すことができる。睡眠が（　A　）場合は、長さが伸びないと十分な睡眠とは言えず、また、たとえ睡眠の時間は長くても、（　B　）睡眠が取れなければ、量的には十分でないということとになる。

問い　　A、Bに入る適当な言葉の組み合わせは、どれか。

1．　A：短い　B：深い　　　　　　　2．　A：浅い　B：短い

3．　A：短い　B：浅い　　　　　　　4．　A：浅い　B：深い

問題II　次の文章を読んで、後の問いに答えなさい。答えは、1・2・3・4から最も適当なもの
　　　　を一つ選びなさい。

　年より若く見える人は、実際に、その肉体も若いのか。体力はあるのか。ちょっと気になる疑問だ
が、ほんとうに、この調査をやった医師がいた。北九州に住むその人から、わたしは直接聞いたのだ
が、答えは、①その通り、であった。わたしは他人から、十歳から十五歳ほど若く見られることが多
い。それで「灰谷さん、よかったね」という気持ちをこめて、②この話をしてくれたのだろうと思う。
　財を誇る人ははしたないように、自分の若さや健康を鼻にかけるのも、よい趣味とは、いえない。
わたしは心身ともに虚弱体質で、自給自足の生活やら、なにやらで、年を取ってから、望ましい体
質に変わった。それがうれしくて、（　③　）自分の健康を人に自慢するようなところがあった。去
年の暮れ、生まれてはじめて入院した。過労からくる脊椎の神経圧迫ということだった。神様にしか
られたような気がした。世の中には病気で苦しんでいる人がたくさんいるのだ。④いい気だったと自
分を恥じた。
　そこで、はじめの話に戻るのだが、若く見える人は、肉体も若いという説は、わたしの住む沖縄・
渡嘉敷島には（　⑤　）ようだ。いったいに南島の人にいえることだが、早く老人顔になる傾向があ
る。しかし、そこからがすごい。物腰は毅然としていて体全体がしゃっきりしている。そして実際よ
く働く。畑や海へ出ているのは、たいてい老人だ。体の、どこが悪い、あそこが悪いというような会
話は耳にしたことがない。愚痴っぽい話や、ものごとを他者の所為にする類の話は、まず、しない。
　いつまでも太陽が顔を出さない天気を嘆いていたら、島の老人にいわれた。「⑥自然には自然の都
合というものがあるのです」

（灰谷健次郎「老いの正体」1997年10月8日付朝日新聞による）

（注1）肉体：体　　（注2）はしたない：下品な　　（注3）虚弱体質：体が弱いこと

（注4）自給自足：自分が必要な物は自分で作ること　　（注5）過労：働きすぎて、体の調子を悪くすること

（注6）脊椎：背中の骨　　（注7）圧迫：押さえること　　（注8）恥じる：恥ずかしく思う

（注9）沖縄・渡嘉敷島：地名　　（注10）いったいに：一般的に　　（注11）物腰：態度

（注12）毅然：しっかりした様子　　（注13）愚痴：言っても仕方がないことを言うこと

（注14）嘆く：悲しむ

問1　①「その通り」とはどういうことか。

1．年より若く見える人は、肉体も若いし、体力もある。

2．年より若く見える人は、肉体が若いか、体力があるか、どちらかだ。

3．年より若く見えても、肉体も若いのか、体力があるのかはわからない。

4．年より若く見えるからといって、肉体も若いとは限らない。

問2　②「この話」の内容は、どんなことか。

1．筆者が医者から話を聞いたということ　　　2．財を誇る人ははしたないということ

3．筆者が年より若く見えてよかったということ　4．医者が調査してわかったこと

問3　（　③　）に入る適当な言葉を選びなさい。

1．いろいろ　　　　2．ついつい　　　　3．そろそろ　　　　4．なかなか

問4　④「いい気だったと自分を恥じた」のは、なぜか。

1．財を誇ったり、自分の若さや健康を自慢するのが趣味だったから

2．健康を自慢していたのに、過労で入院したから

3．病気で苦しんでいる人がいるのに、自分の健康を自慢したから

4．自分が虚弱体質であったのに、自分の健康を自慢したから

問5　（　⑤　）に入る適当な言葉を選びなさい。

1．当てはまらない　　　　　　　　2．よく当てはまる

3．当てはまることもある　　　　　　4．当てはまるかどうかわからない

問6　⑥「自然には自然の都合というものがあるのです」とはどういう意味か。

1．自然の都合がいいときはいつなのか、よく考えたほうがいい。

2．自然は自然の法則で動くのだから、人間にはどうすることもできない。

3．嘆くよりも、自然の都合をよく知ることのほうが大切だ。

4．自然の都合が人間の都合と反対だということは残念なことだ。

実力判定テスト　解答

問題Ⅰ ［4点×6問］　問1 (1) 1　(2) 4　(3) 1　　問2 (1) 1　(2) 3　(3) 1

問題Ⅱ ［4点×6問］　問1 (1) 2　(2) 3　(3) 1　　問2 (1) 1　(2) 4　(3) 2

問題Ⅲ ［4点×13問］　(1) 4　(2) 2　(3) 1　(4) 3　(5) 4　(6) 1　(7) 2　(8) 2　(9) 4　(10) 3　(11) 4

(12) 3　(13) 2

文字・語彙　成績　＿＿／100 点

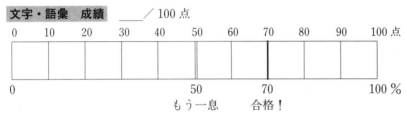

もう一息　　合格！

文法　解答

問題Ⅰ ［5点×17問］　(1) 2　(2) 3　(3) 1　(4) 4　(5) 3　(6) 2　(7) 4　(8) 4　(9) 1　(10) 4　(11) 2

(12) 3　(13) 1　(14) 3　(15) 2　(16) 1　(17) 3

問題Ⅱ ［5点×3問］　(1) 2　(2) 1　(3) 3

文法　成績　＿＿／100 点

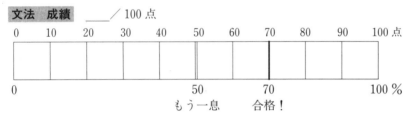

もう一息　　合格！

読解　解答

問題Ⅰ ［9点×4問］　(1)問1 1　問2 3　(2)問1 2　問2 2

　　　　　　［10点×1問］　(3)問い 4

問題Ⅱ ［9点×6問］　問1 1　問2 4　問3 2　問4 3　問5 1　問6 2

読解　成績　＿＿／100 点

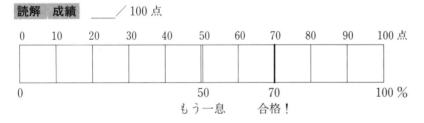

もう一息　　合格！

文字・語彙

文字・語彙
ステップ1 《重要名詞 100　その１》

意味を知っている言葉は□にチェックして、あなたの語彙力を試しましょう。60番から後は、[　　　　]の中に漢字を書きましょう。

□1.　あてな　□2.　あらすじ　□3.　いじょう　□4.　いっしゅん　□5.　いっち

□6.　おうふく　□7.　おうべい　□8.　おかず　□9.　おのおの　□10.　おしゃれ　□11.　かきね

□12.　かくご　□13.　かしょ　□14.　かつやく　□15.　かぶ　□16.　かみくず　□17.　かみなり

□18.　かんかく　□19.　かんきょう　□20.　かんげき　□21.　かんじょう(計算)　□22.　かんちがい

□23.　かんびょう　□24.　ききん　□25.　きげん　□26.　きすう　□27.　ぐうすう　□28.　きっかけ

□29.　ぎょうぎ　□30.　きょうしゅく　□31.　きりつ(を正す)　□32.　くしゃみ　□33.　けっさく

□34.　げんこう　□35.　けんとう　□36.　こんだて　□37.　さかさま　□38.　しあさって

□39.　しきゅう　□40.　しせい　□41.　しっぽ　□42.　しまい／おしまい　□43.　じゃぐち

□44.　じゅうたい　□45.　じゅみょう　□46.　じゅよう　□47.　じゅんかん　□48.　じょうけん

□49.　しょうじょう　□50.　しょうてん　□51.　しょうぶ　□52.　しょうもう　□53.　しょさい

□54.　しろうと　□55.　くろうと　□56.　しわ　□57.　すいじ　□58.　すいみん　□59.　すきま

□60.　いきおい [　　　　　]　□61.　～いこう(＝後) [　　　　　　]　□62.　いっさくじつ [　　　　　]

□63.　いっさくねん [　　　　　]　□64.　いんたい [　　　　　]　□65.　いんよう [　　　　　]

□66.　うらぐち [　　　　]　□67.　うりきれ [　　　　　]　□68.　おまいり [　　　　　]

□ 69. かおり [   ]　□ 70. かっこう [   ]　□ 71. かはんすう [   ]

□ 72. からっぽ [   ]　□ 73. (洋服の)きじ [   ]　□ 74. (機械の)きのう [   ]

□ 75. ～ぎみ [   ]　□ 76. きゅうしゅう(する) [   ]

□ 77. きょうきゅう [   ]　□ 78. ぎょうれつ [   ]　□ 79. げんかい [   ]

□ 80. けんとう(をつける) [   ]　□ 81. くふう [   ]　□ 82. くべつ [   ]

□ 83. こうきょう [   ]　□ 84. こんざつ [   ]　□ 85. さくもつ [   ]

□ 86. さゆう [   ]　□ 87. じつぶつ [   ]　□ 88. しりあい [   ]

□ 89. しゅっしん [   ]　□ 90. じゅんじょう [   ]　□ 91. じゅんちょう [   ]

□ 92. しょうみ [   ]　□ 93. じんせい [   ]　□ 94. じんぶつ [   ]

□ 95. しんや [   ]　□ 96. しんゆう [   ]　□ 97. しんよう [   ]

□ 98. すえっこ [   ]　□ 99. すきずき [   ]　□ 100. すんぽう [   ]

漢字チェック（1～59　上級の漢字、60～100　中級の漢字）

1. 宛名　2. ──　3. 異常　4. 一瞬　5. 一致　6. 往復　7. 欧米　8. ──　9. ──
10. お洒落　11. 垣根　12. 覚悟　13. 箇所　14. 活躍　15. 株　16. 紙屑　17. 雷　18. 間隔　19. 環境
20. 感激　21. 勘定　22. 勘違い　23. 看病　24. 飢饉　25. 機嫌　26. 奇数　27. 偶数　28. ──
29. 行儀　30. 恐縮　31. 規律　32. ──　33. 傑作　34. 原稿　35. 検討　36. 献立　37. 逆様　38. ──
39. 至急　40. 姿勢　41. ──　42. ──　43. 蛇口　44. 渋滞　45. 寿命　46. 需要　47. 循環　48. 条件
49. 症状　50. 焦点　51. 勝負　52. 消耗　53. 書斎　54. 素人　55. 玄人　56. ──　57. 炊事
58. 睡眠　59. 隙間　60. 勢い　61. 以降　62. 一昨日　63. 一昨年　64. 引退　65. 引用　66. 裏口
67. 売り切れ　68. お参り　69. 香り　70. 格好　71. 過半数　72. 空っぽ　73. 生地　74. 機能　75. 気味
76. 吸収　77. 供給　78. 行列　79. 限界　80. 見当　81. 工夫　82. 区別　83. 公共　84. 混雑　85. 作物
86. 左右　87. 実物　88. 知り合い　89. 出身　90. 純情　91. 順調　92. 正味　93. 人生　94. 人物
95. 深夜　96. 親友　97. 信用　98. 末っ子　99. 好き好き　100. 寸法

問題Ⅰ ☐☐ に入れるのに最も適当な漢字を、1・2・3・4の中から一つ選びなさい。

(1) 来週まで忙しいが、さ来週☐降はひまになる。 　　　[1. 後　2. 以　3. 下　4. 過]

(2) 花屋の店の中は、いい☐りでいっぱいだ。 　　　　　[1. 臭　2. 嗅　3. 香　4. 味]

(3) 新しい仕事は、問題なく☐調に進んでいます。 　　　[1. 順　2. 好　3. 単　4. 楽]

(4) この小説は、人☐の描き方がおもしろい。 　　　　　[1. 事　2. 体　3. 格　4. 物]

(5) この法律を成立させるには☐半数の賛成が必要だ。 　[1. 過　2. 対　3. 多　4. 大]

(6) 買い物をしたら、さいふが☐っぽになってしまった。[1. 空　2. 穴　3. 無　4. 軽]

(7) 昨夜の火事は、火の☐いが強く、消火に時間がかかった。[1. 力　2. 勢　3. 速　4. 進]

(8) 商売は、お客様の信☐を得ることが大切です。 　　　[1. 心　2. 仰　3. 用　4. 要]

(9) このあたりは☐夜になっても人通りが多くてにぎやかだ。[1. 更　2. 遅　3. 大　4. 深]

(10) 私は4人兄弟の☐っ子で、甘やかされて育ちました。　[1. 末　2. 下　3. 終　4. 端]

問題Ⅱ 次の文の下線をつけた言葉を漢字とひらがなで書きなさい。

問1 世界のどこでも、(1)としとその(2)しゅうへんに(3)じんこうが(4)しゅうちゅうしている。

(1) とし ＿＿＿＿＿＿＿＿＿　　(2) しゅうへん ＿＿＿＿＿＿＿＿＿

(3) じんこう ＿＿＿＿＿＿＿＿＿　　(4) しゅうちゅう ＿＿＿＿＿＿＿＿＿

問2 (1)けいきはまもなく(2)かいふくするだろうという(3)よそくがだいぶ前から出ているのに、その(4)けはいはいっこうに見えない。

(1) けいき _____　　　(2) かいふく _____

(3) よそく _____　　　(4) けはい _____

問題Ⅲ　次の文の下線をつけた言葉は、どのように読みますか。その読み方をそれぞれの１・２・３・４から一つ選びなさい。

問1　古いカーテンの(1)生地を利用し、(2)工夫をして子供の服を作った。
(1) 生地　　1．いきち　　　　2．せいじ　　　　3．きじ　　　　4．しょうじ
(2) 工夫　　1．こうふう　　　2．こうふ　　　　3．くうふ　　　　4．くふう

問2　車がほしいんですか。それじゃ、(1)中古車の(2)売買をしている友人を(3)紹介しましょう。
(1) 中古車　1．なかこしゃ　2．ちゅうこしゃ　3．なかふるしゃ　4．ちゅうふるしゃ
(2) 売買　　1．はんばい　　2．ばいかい　　　3．ばいばい　　　4．うるかう
(3) 紹介　　1．しょかい　　2．しょたい　　　3．しょうたい　　4．しょうかい

問3　(1)収入はもちろん、土地や(2)家屋にも(3)税金がかかる。
(1) 収入　　1．しゅうにゅう　2．しゅにゅう　　3．しゅうにゅ　　4．しゅにゅ
(2) 家屋　　1．かや　　　　2．いえや　　　　3．やおく　　　　4．かおく
(3) 税金　　1．ぜいきん　　2．ぜきん　　　　3．せいきん　　　4．せっきん

問4　北アルプスに(1)登山したグループは、はげしい(2)吹雪のために(3)途中で引き返さざるをえなくなった。
(1) 登山　　1．とうさん　　2．とさん　　　　3．とざん　　　　4．とうざん
(2) 吹雪　　1．ふぶき　　　2．ふきせつ　　　3．すいせつ　　　4．ふゆき
(3) 途中　　1．とちゅう　　2．とっちゅう　　3．となか　　　　4．とじゅう

問5　(1)旅の終わりに、私たちは海に近い(2)景色のよいホテルで(3)休息を取った。
(1) 旅　　　1．たに　　　　2．りょ　　　　　3．たび　　　　　4．りょう
(2) 景色　　1．けしき　　　2．けいしき　　　3．けいしょく　　4．けいろ
(3) 休息　　1．きゅうけい　2．きゅうそく　　3．きゅういき　　4．きゅうじつ

問題Ⅰ 次の文の＿＿＿＿の部分に入れるのに最も適当なものを、1・2・3・4から一つ選びなさい。

(1) 肉にしようか魚にしようかと、毎日の食事の＿＿＿＿を考えるのも楽ではない。
　　1．範囲　　　　　　2．種類　　　　　　3．分類　　　　　　4．献立

(2) せきや熱などの＿＿＿＿が出ない風邪もあるようだ。
　　1．症状　　　　　　2．病状　　　　　　3．個性　　　　　　4．特色

(3) もう時間ですね。では、今日の授業はこれで＿＿＿＿にします。
　　1．中止　　　　　　2．おしまい　　　　3．終点　　　　　　4．とめ

(4) 紙＿＿＿＿は、ちゃんとごみ箱に捨ててください。
　　1．くず　　　　　　2．ごみ　　　　　　3．ほこり　　　　　4．ちり

(5) 夏は体力の＿＿＿＿がはげしいから、栄養と睡眠を十分に取ることだ。
　　1．消耗　　　　　　2．消化　　　　　　3．減少　　　　　　4．使用

(6) あの歌手も40歳をすぎ、顔にもずいぶん＿＿＿＿が目立ってきた。
　　1．ひふ　　　　　　2．しわ　　　　　　3．かげ　　　　　　4．よごれ

(7) ＿＿＿＿が切れていますから、このカードは使えません。
　　1．機能　　　　　　2．期限　　　　　　3．金額　　　　　　4．時間

(8) 切符は、片道で買うより＿＿＿＿で買ったほうが安いですよ。
　　1．割引　　　　　　2．両道　　　　　　3．往復　　　　　　4．販売機

(9) 父の＿＿＿＿がよくない。朝から怒ってばかりいる。
　　1．気の毒　　　　　2．気持ち　　　　　3．気分　　　　　　4．機嫌

(10) この手紙には漢字の使い方の誤りが3＿＿＿＿もある。
　　1．かしょ　　　　　2．ばしょ　　　　　3．通り　　　　　　4．道

問題II　次の(1)から(6)は、言葉の意味や使い方を説明したものです。その説明に最もあう言葉を
　　　　1・2・3・4から一つ選びなさい。

(1)　物の大きさ。サイズ。

　　1．手法　　　　　　2．点数　　　　　　3．寸法　　　　　4．計算

(2)　俳優が劇の中で言う言葉。

　　1．しゃれ　　　　　2．せりふ　　　　　3．小話　　　　　4．落語

(3)　2の倍数に1を足した数。

　　1．奇数　　　　　　2．偶数　　　　　　3．小数　　　　　4．分数

(4)　手紙や書類に書く相手の名前。

　　1．みょうじ　　　　2．せいめい　　　　3．あてな　　　　4．あだな

(5)　早くするように急がせること。

　　1．急速　　　　　　2．催促　　　　　　3．依頼　　　　　4．急用

(6)　生まれてから死ぬまでの長さ。

　　1．人生　　　　　　2．一生　　　　　　3．寿命　　　　　4．生命

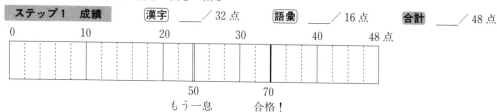

ステップ1　解答

漢字にチャレンジ　　問題I　(1)2　(2)3　(3)1　(4)4　(5)1　(6)1　(7)2　(8)3　(9)4　(10)1

問題II　問1(1)都市　(2)周辺　(3)人口　(4)集中　問2(1)景気　(2)回復　(3)予測　(4)気配

問題III　問1(1)3　(2)4　問2(1)2　(2)3　(3)4　問3(1)1　(2)4　(3)1　問4(1)3　(2)1　(3)1

問5(1)3　(2)1　(3)2

語彙にチャレンジ　　問題I　(1)4　(2)1　(3)2　(4)1　(5)1　(6)2　(7)2　(8)3　(9)4　(10)1

問題II(1)3　(2)2　(3)1　(4)3　(5)2　(6)3

ステップ1　成績　　漢字 ＿＿／32点　　語彙 ＿＿／16点　　合計 ＿＿／48点

0		10		20		30		40	48点

　　　　　　　　　　　　　　　50　　　　　　70

　　　　　　　　　　　　　もう一息　　　合格！

ステップ2《重要名詞 100　その2》

意味を知っている言葉は□にチェックして、あなたの語彙力を試しましょう。48番から後は、
[　　　　　] の中に漢字を書きましょう。

□1．せいすう　□2．たいけい　□3．だえん　□4．たんとう

□5．でこぼこ　□6．てつや　□7．てんけい　□8．なぞなぞ　□9．なっとく

□10．にょうぼう　□11．のうりつ　□12．はしご　□13．はす　□14．ばね　□15．はんい

□16．はんこ　□17．ひかげ　□18．ぶんけん　□19．ぶんせき　□20．ぼうけん　□21．ほのお

□22．ぼろ　□23．まさつ　□24．むじゅん　□25．めいめい　□26．めまい　□27．もよおし

□28．ゆいいつ　□29．(話の)ようし　□30．よゆう　□31．りょうがえ　□32．イメージ

□33．オートメーション　□34．カーブ　□35．サークル　□36．スタート　□37．(鉄道の)ダイヤ

□38．チェック　□39．トレーニング　□40．バランス　□41．プラス　□42．プラン

□43．プロ　□44．ベテラン　□45．マイナス　□46．レジャー　□47．マンション

□48．だいきん(を払う) [　　　　　]　□49．だいく [　　　　　]　□50．たいぼく [　　　　　]

□51．たちば [　　　　　]　□52．たいはん [　　　　　]　□53．たば [　　　　　]

□54．ためいき [　　　　　]　□55．たより(手紙) [　　　　　]　□56．だんち [　　　　　]

□57．だんすい [　　　　　]　□58．ちじ [　　　　　]　59．ちじん [　　　　　]

□60．ちょうか [　　　　　]　□61．てま [　　　　　]　□62．といあわせ [　　　　　]

□ 63. とうじ [   ]　□ 64. とおり（～とおり）[   ]　□ 65. なかなおり [   ]

□ 66. なかみ [   ]　□ 67. なかよし [   ]　□ 68. にっちゅう [   ]

□ 69. のうりつ [   ]　□ 70.（面白い）はっそう [   ]　□ 71. はへん [   ]

□ 72. はんえい [   ]　□ 73. ひあたり [   ]　□ 74. ひがえり [   ]

□ 75. ひにく [   ]　□ 76. ぶんすう [   ]　□ 77. へいじつ [   ]

□ 78. へんこう [   ]　□ 79.（事故の）ぼうし [   ]　□ 80. ほうしん [   ]

□ 81. ぼうはん [   ]　□ 82. ほうぼう [   ]　□ 83. ぼうや [   ]

□ 84. ほんもの [   ]　□ 85. みかけ [   ]　□ 86. みんかん [   ]

□ 87. むげん [   ]　□ 88. むじ [   ]　□ 89. むれ [   ]

□ 90. めいぶつ [   ]　□ 91. ものおと [   ]　□ 92. ゆうだち [   ]

□ 93. ゆくえ [   ]　□ 94. ゆだん [   ]　□ 95. ようじん [   ]

□ 96. ようと [   ]　□ 97. ようりょう（がいい）[   ]

□ 98. よぼう [   ]　□ 99. りゅういき [   ]　□ 100. れんそう [   ]

漢字チェック（1～47　上級の漢字、48～100　中級の漢字）

1．整数　2．体系　3．楕円　4．担当　5．凸凹　6．徹夜　7．典型　8．——　9．納得
10．女房　11．能率　12．梯子　13．斜　14．——　15．範囲　16．——　17．日陰（蔭）　18．文献
19．分析　20．冒険　21．炎　22．——　23．摩擦　24．矛盾　25．——　26．——　27．催し　28．唯一
29．要旨　30．余裕　31．両替　32～47．——　48．代金　49．大工　50．大木　51．立場　52．大半　53．束
54．ため息　55．便り　56．団地　57．断水　58．知事　59．知人　60．超過　61．手間　62．問い合わせ
63．当時　64．通り　65．仲直り　66．中身（味）　67．仲良し　68．日中　69．能率　70．発想　71．破片
72．反映　73．日当たり　74．日帰り　75．皮肉　76．分数　77．平日　78．変更　79．防止　80．方針
81．防犯　82．方々　83．坊や　84．本物　85．見かけ　86．民間　87．無限　88．無地　89．群れ
90．名物　91．物音　92．夕立　93．行方　94．油断　95．用心　96．用途　97．要領　98．予防
99．流域　100．連想

漢字にチャレンジ

問題Ⅰ 　□□ に入れるのに最も適当な漢字を、1・2・3・4 から一つ選びなさい。

(1)　遅刻をしたら、部長に「今日は早いね」と □肉 を言われた。[1. 骨　2. 血　3. 毛　4. 皮]

(2)　石油はさまざまな物の原料となり、用□ の広い資源である。[1. 道　2. 方　3. 途　4. 法]

(3)　予定に 変□ があったら、教えてください。　　　　　[1. 更　2. 化　3. 動　4. 止]

(4)　委員長という 立□ 上、私には会をまとめる義務がある。[1. 地　2. 場　3. 処　4. 所]

(5)　当商品に関するお □い合わせは下記の番号まで。　　[1. 聞　2. 問　3. 間　4. 閉]

(6)　今度の日曜日に東京都 □事 の選挙が行われる。　　[1. 知　2. 幹　3. 仕　4. 師]

(7)　子供はきびしく育てるというのが我が家の教育 方□ です。[1. 向　2. 式　3. 針　4. 進]

(8)　だらだら働かないで、もっと 能□ よく仕事をしろ。　[1. 率　2. 卒　3. 力　4. 動]

(9)　水道工事のために □水 して、トイレが使えなくなった。[1. 切　2. 止　3. 消　4. 断]

(10)　慣れているからといって □断 しないで、慎重に行動しなさい。[1. 判　2. 油　3. 与　4. 有]

問題Ⅱ 　次の文の下線をつけた言葉を漢字とひらがなで書きなさい。

問1　(1)とうじ私は、(2)だんちの(3)こうそうアパートの10階にある(4)ひあたりのよい部屋に住んでいた。

　　(1)　とうじ　＿＿＿＿＿＿＿＿＿　　(2)　だんち　＿＿＿＿＿＿＿＿＿

　　(3)　こうそう　＿＿＿＿＿＿＿＿＿　　(4)　ひあたり　＿＿＿＿＿＿＿＿＿

問2　(1)ぼうはんカメラに写っていたのは、(2)かいしゃいんふうの男だった。(3)けいさつはこの男の
　　(4)ゆくえを追っている。

(1)　ぼうはん　＿＿＿＿＿＿＿＿＿＿　(2)　かいしゃいんふう　＿＿＿＿＿＿＿＿＿＿

(3)　けいさつ　＿＿＿＿＿＿＿＿＿＿　(4)　ゆくえ　＿＿＿＿＿＿＿＿＿＿

問題Ⅲ　次の文の下線をつけた言葉は、どのように読みますか。その読み方をそれぞれの１・２・３・４から一つ選びなさい。

問１　最近、(1)世間を驚かせる(2)事件が次々に起こり、(3)犯罪の(4)防止を訴える声が高まっている。

(1)　世間　　1．せかん　　　　2．よま　　　　　3．せけん　　　　4．よかん
(2)　事件　　1．じけん　　　　2．じかん　　　　3．じこ　　　　　4．じっけん
(3)　犯罪　　1．はんつみ　　　2．はんばつ　　　3．はんひ　　　　4．はんざい
(4)　防止　　1．ほうし　　　　2．ぼうし　　　　3．ぼうと　　　　4．ほうと

問２　(1)紅葉の美しいこの(2)神社は(3)平日でもかなりの(4)入場者がある。

(1)　紅葉　　　1．こうは　　　2．こうば　　　　3．もみじ　　　　4．かえで
(2)　神社　　　1．しんしゃ　　2．じんじゃ　　　3．じんしゃ　　　4．しんじゃ
(3)　平日　　　1．へいじつ　　2．へいにち　　　3．へいひ　　　　4．へいか
(4)　入場者　　1．にゅうばしゃ　2．にゅじょうしゃ　3．にゅうじょうしゃ　4．にゅうじょしゃ

問３　友人は小さな町の(1)出身だが(2)人物は大きい。(3)将来は政治家になり(4)大臣をめざすと言っている。

(1)　出身　　1．しゅっしん　2．しゅつしん　　3．しゅうしん　　4．しゅしん
(2)　人物　　1．にんぶつ　　2．ひともの　　　3．ひとぶつ　　　4．じんぶつ
(3)　将来　　1．みらい　　　2．しょうらい　　3．いらい　　　　4．しょらい
(4)　大臣　　1．だいじん　　2．だいしん　　　3．たいしん　　　4．たいじん

問４　その橋ができたおかげで、(1)流域の町の(2)人口が増加して(3)活気が出てきた。

(1)　流域　　1．りょういき　2．りゅうえき　　3．りゅういき　　4．りょうえき
(2)　人口　　1．にんこう　　2．ひとくち　　　3．ひとぐち　　　4．じんこう
(3)　活気　　1．かつき　　　2．かっき　　　　3．かつけ　　　　4．かっけ

問５　駅前の(1)店屋には(2)土地の(3)名物が並べられ、(4)土産物を買う人々でいつもこんでいる。

(1)　店屋　　　1．てんや　　　2．みせや　　　　3．てんおく　　　4．みせおく
(2)　土地　　　1．どじ　　　　2．どち　　　　　3．とち　　　　　4．とじ
(3)　名物　　　1．なもの　　　2．めいもつ　　　3．みょうもつ　　4．めいぶつ
(4)　土産物　　1．どさんぶつ　2．つちさんもの　3．みやげもの　　4．とさんぶつ

問題Ⅰ　次の文の＿＿＿＿の部分に入れるのに最も適当なものを、1・2・3・4から一つ選びなさい。

(1)　細かいお金がなかったので、売店で＿＿＿＿してもらった。
　　1．交替　　　　　2．交換　　　　　3．取り替え　　　　4．両替

(2)　交通機関の発達とともに、人々の活動＿＿＿＿が広がった。
　　1．範囲　　　　　2．周囲　　　　　3．限度　　　　　4．限界

(3)　この道は＿＿＿＿で走りにくい。
　　1．うろうろ　　　2．まごまご　　　3．でこぼこ　　　4．どきどき

(4)　この学校には経験豊かな＿＿＿＿の教師が多い。
　　1．ベテラン　　　2．タレント　　　3．キャプテン　　　4．キャリア

(5)　急に立ち上がったら、＿＿＿＿がして気分が悪くなった。
　　1．めまわり　　　2．あくび　　　　3．くしゃみ　　　4．めまい

(6)　文の最後に、引用された＿＿＿＿がのっているから、参考にしなさい。
　　1．文芸　　　　　2．文献　　　　　3．文体　　　　　4．文脈

(7)　卒業論文の＿＿＿＿を今月中に提出すること。
　　1．要素　　　　　2．要旨　　　　　3．要領　　　　　4．要求

(8)　A：あれ、何か＿＿＿＿がしなかった？　　B：まさか。だれもいないはずだよ。
　　1．ものさし　　　2．ものごえ　　　3．ものかげ　　　4．ものおと

(9)　病気にならないように自ら＿＿＿＿をすることが大切だ。
　　1．予測　　　　　2．予防　　　　　3．予報　　　　　4．予備

(10)　明日のパーティーは、私たち＿＿＿＿が何か一つ料理を持っていくことになっている。
　　1．ひとびと　　　2．われわれ　　　3．めいめい　　　4．そろそろ

問題II　次の(1)から(6)は、言葉の意味や使い方を説明したものです。その説明に最もあう言葉を
　　　　1・2・3・4から一つ選びなさい。

(1)　必要な量をこえたあまり。

　　1．分量　　　　　　2．残量　　　　　　3．水分　　　　　　4．余分

(2)　ある事を職業として行い、その収入で生活する人。

　　1．プロ　　　　　　2．テロ　　　　　　3．ゼロ　　　　　　4．キロ

(3)　夜寝ないで過ごすこと。

　　1．徹夜<ruby>てつや</ruby>　　　　2．白夜<ruby>びゃくや</ruby>　　　3．暗夜　　　　　　4．常夜

(4)　ななめ。

　　1．はし　　　　　　2．はず　　　　　　3．はす　　　　　　4．はじ

(5)　人と人の考え方などが合わないことなどから、事がうまく運ばないこと。

　　1．いはん　　　　　2．まさつ　　　　　3．はんこう　　　　4．けんか

(6)　非常に細かくて軽いごみ。

　　1．ほこり　　　　　2．どろ　　　　　　3．くず　　　　　　4．すな

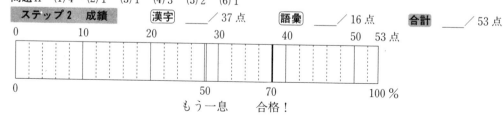

ステップ2　解答

【漢字にチャレンジ】　問題I　(1) 4　(2) 3　(3) 1　(4) 2　(5) 2　(6) 1　(7) 3　(8) 1　(9) 4　(10) 2

問題II　問1(1)当時　(2)団地　(3)高層　(4)日当たり　問2(1)防犯　(2)会社員風　(3)警察　(4)行方

問題III　問1(1) 3　(2) 1　(3) 4　(4) 2　問2(1) 3　(2) 2　(3) 1　(4) 3　問3(1) 1　(2) 4　(3) 2　(4) 1

問4(1) 3　(2) 4　(3) 2　問5(1) 2　(2) 3　(3) 4　(4) 3

【語彙にチャレンジ】　問題I　(1) 4　(2) 1　(3) 3　(4) 1　(5) 4　(6) 2　(7) 2　(8) 4　(9) 2　(10) 3

問題II　(1) 4　(2) 1　(3) 1　(4) 3　(5) 2　(6) 1

ステップ2　成績　　【漢字】___／37点　　【語彙】___／16点　　【合計】___／53点

| 0 | 10 | 20 | 30 | 40 | 50　53点 |

| 0 | | 50 | 70 | | 100 % |

もう一息　　　合格！

ステップ**3**《重要動詞 100》

　意味を知っている言葉は□にチェックして、あなたの語彙力を試しましょう。56 番から後は、
[　　　　　]の中に漢字を書きましょう。

□1．あきれる　□2．あこがれる　□3．あつかう　□4．あふれる　□5．いじする

□6．うったえる　□7．おこたる　□8．おぼれる　□9．およぼす　□10．からかう

□11．かれる　□12．かわいがる　□13．くさる　□14．くずす　□15．くたびれる　□16．くやむ

□17．くるう　□18．けずる　□19．こげる　□20．こしらえる　□21．さける　□22．しびれる

□23．しぼむ　□24．しゃがむ　□25．すきとおる　□26．すれちがう　□27．ずれる

□28．それる　□29．そろう　□30．たくわえる　□31．ダブる　□32．だます　□33．ためらう

□34．ちぢむ　□35．つまずく　□36．とがる　□37．どく　□38．ととのう　□39．どなる

□40．なぐさめる　□41．にらむ　□42．はっきする　□43．はねる　□44．ひびく　□45．ふく

□46．ふざける　□47．へこむ　□48．ほほえむ　□49．まとめる　□50．（金を）もうける

□51．もぐる　□52．やっつける　□53．ゆずる　□54．よす　□55．わびる

□56．うちあわせる [　　　　]　□57．うらぎる [　　　　]　□58．うやまう [　　　　]

□59．おいかける [　　　]　□60．おそわる [　　　]　□61．おちつく [　　　　]

□62．おもいこむ [　　　]　□63．おもいつく [　　　]　□64．かかえる [　　　　]

□65．かけつする [　　　]　□66．かける [　　　]　□67．かさねる [　　　　]

□ 68. かたよる [   ]   □ 69. きざむ [   ]   □ 70. きにいる [   ]

□ 71. きになる [   ]   □ 72. ことづける [   ]   □ 73. ささえる [   ]

□ 74. しめる [   ]   □ 75. せおう [   ]   □ 76. せっする [   ]

□ 77. そそぐ [   ]   □ 78. そなえる [   ]   □ 79. たすかる [   ]

□ 80. ためす [   ]   □ 81. たよる [   ]   □ 82. であう [   ]

□ 83. でむかえる [   ]   □ 84. とおりかかる [   ]   □ 85. とおりすぎる [   ]

□ 86. とけこむ [   ]   □ 87. とじる [   ]   □ 88. とりけす [   ]

□ 89. ながびく [   ]   □ 90. (草が)はえる [   ]   □ 91. はなしかける [   ]

□ 92. はぶく [   ]   □ 93. はりきる [   ]   □ 94. ひきうける [   ]

□ 95. ひきかえす [   ]   □ 96. ひきとめる [   ]   □ 97. ひっかかる [   ]

□ 98. ひっくりかえす [   ]   □ 99. ほす [   ]   □ 100. みおくる [   ]

漢字チェック（1〜55　上級の漢字、56〜100　中級の漢字）

1. ──　2. 憧れる　3. 扱う　4. 溢れる　5. 維持する　6. 訴える　7. 怠る　8. 溺れる
9. 及ぼす　10. ──　11. 枯れる　12. ──　13. 腐る　14. 崩す　15. ──　16. 悔やむ　17. 狂う
18. 削る　19. 焦げる　20. ──　21. 避ける　22. ──　23. ──　24. ──　25. 透き通る　26. ──
27. ──　28. ──　29. 揃う　30. 蓄える　31. ──　32. ──　33. ──　34. 縮む　35. ──
36. 尖る　37. ──　38. 整う　39. ──　40. 慰める　41. ──　42. 発揮する　43. 跳ねる　44. 響く
45. 拭く　46. ──　47. ──　48. 微笑む　49. ──　50. 儲ける　51. 潜る　52. ──　53. 譲る　54. ──
55. 詫びる　56. 打ち合わせる　57. 裏切る　58. 敬う　59. 追いかける　60. 教わる　61. 落ち着く
62. 思い込む　63. 思いつく　64. 抱える　65. 可決する　66. 欠ける　67. 重ねる　68. 片寄る(偏る)
69. 刻む　70. 気に入る　71. 気になる　72. 言付ける　73. 支える　74. 占める　75. 背負う　76. 接する
77. 注ぐ　78. 備える　79. 助かる　80. 試す　81. 頼る　82. 出会う　83. 出迎える　84. 通りかかる
85. 通り過ぎる　86. 溶け込む　87. 閉じる　88. 取り消す　89. 長引く　90. 生える　91. 話しかける
92. 省く　93. 張り切る　94. 引き受ける　95. 引き返す　96. 引き止める　97. 引っかかる
98. ひっくり返す　99. 干す　100. 見送る

漢字にチャレンジ

問題Ⅰ □□ に入れるのに最も適当な漢字を、1・2・3・4の中から一つ選びなさい。

(1) 家族と友人に □ えられて、彼女は見事ガンに勝った。　　［1．祈　2．助　3．支　4．敬］

(2) 近い将来、65歳以上の人が人口の3割を □ めるだろう。　　［1．占　2．存　3．在　4．止］

(3) 目を □ じれば、なつかしい故郷の山々が浮かんでくる。　　［1．開　2．閉　3．向　4．観］

(4) 入学試験で不正を行った場合は、合格を □ り消します。　　［1．取　2．戻　3．切　4．止］

(5) できるだけ手間を □ いて、仕事を楽にしよう。　　　　　　［1．省　2．除　3．減　4．抜］

(6) 医者にしたいという親の期待を □ 切って、私は教師になった。

　　　　　　　　　　　　　　　　　　　　　　　　　　　　　　［1．張　2．断　3．後　4．裏］

(7) 家族が一人でも □ けると食卓がさびしくなる。　　　　　　［1．負　2．無　3．欠　4．付］

(8) 会議の進め方について、□ ち合わせておきましょう。　　　　［1．打　2．持　3．立　4．待］

(9) 熱いお湯を一度にコップに □ ぐと、コップが割れやすい。　［1．急　2．速　3．量　4．注］

(10) 彼女は最近元気がない。何か悩みを □ えているようだ。　　［1．支　2．抱　3．備　4．覚］

問題Ⅱ　次の文の下線をつけた言葉を漢字とひらがなで書きなさい。

問1　(1)おつかれさまでした。食事の用意ができていますので、となりの部屋に(2)おうつりください。

　(1)　おつかれ ＿＿＿＿＿＿＿　　　　　(2)　おうつり ＿＿＿＿＿＿＿

問2　事故を(1)ふせぐ努力、事故に(2)そなえる努力を(3)わすれてはならない。

　(1)　ふせぐ ＿＿＿＿＿＿　　(2)　そなえる ＿＿＿＿＿＿　　(3)　わすれて ＿＿＿＿＿＿

問3　日が(1)くれると、西の空に明るく(2)ひかる星が1つ(3)あらわれた。

(1)　くれる　＿＿＿＿＿＿＿　(2)　ひかる　＿＿＿＿＿＿＿　(3)　あらわれた　＿＿＿＿＿＿＿

問題III　次の文の下線をつけた言葉は、どのように読みますか。その読み方をそれぞれの1・2・3・4から一つ選びなさい。

問1　人に(1)頼ってばかりいないで、自分で考えて(2)決めることです。
(1)　頼って　　　1．たよって　　　2．かよって　　　3．まもって　　　4．たもって
(2)　決める　　　1．せめる　　　2．とめる　　　3．ほめる　　　4．きめる

問2　久しぶりに(1)訪ねた私を、伯父は明るい笑顔で(2)迎えてくれた。
(1)　訪ねた　　　1．ほうねた　　　2．たばねた　　　3．たずねた　　　4．はねた
(2)　迎えて　　　1．つかえて　　　2．むかえて　　　3．かなえて　　　4．たたえて

問3　湖は(1)凍り、まわりの山々には雪が(2)積もっている。
(1)　凍り　　　1．こおり　　　2．とおり　　　3．ほうり　　　4．あおり
(2)　積もって　　　1．ともって　　　2．すもって　　　3．こもって　　　4．つもって

問4　新しい機械だから、ちゃんと(1)動くかどうか、(2)試しておいたほうがいい。
(1)　動く　　　1．うごく　　　2．はたらく　　　3．どく　　　4．どうく
(2)　試して　　　1．なめして　　　2．ためして　　　3．しして　　　4．しめして

問5　家族が食べる分ぐらいは、自分で畑を(1)耕して作った野菜で十分(2)足りる。
(1)　耕して　　　1．うごく　　　2．たがやして　　　3．こうして　　　4．どうく
(2)　足りる　　　1．おりる　　　2．かりる　　　3．こりる　　　4．たりる

問6　不景気で売り上げが(1)伸びず、今月も250万円に(2)留まっている。
(1)　伸びず　　　1．こびず　　　2．おびず　　　3．のびず　　　4．あびず
(2)　留まって　　　1．たまって　　　2．とどまって　　　3．とまって　　　4．せまって

問7　空気が(1)湿っているせいか、洗濯物を外に(2)干してもなかなか(3)乾かない。
(1)　湿って　　　1．しめって　　　2．しめて　　　3．にごって　　　4．とまって
(2)　干して　　　1．こして　　　2．ほして　　　3．のして　　　4．おして
(3)　乾かない　　　1．かわかない　　　2．とどかない　　　3．たたかない　　　4．ひびかない

問題Ⅰ 次の文の＿＿＿＿の部分に入れるのに最も適当なものを、1・2・3・4から一つ選びなさい。

(1) ああ＿＿＿＿。一日中すわるひまもなかったんだもの。

　　1．めぐまれた　　　2．うぬぼれた　　　3．あらわれた　　　4．くたびれた

(2) 子供を亡くした友人を＿＿＿＿と思ったが、言葉が見つからなかった。

　　1．なぐさめたい　　2．かたりたい　　　3．さまたげたい　　4．ふるまいたい

(3) あなたが来てくれて、ほんとうに＿＿＿＿ました。

　　1．助け　　　　　　2．助けられ　　　　3．助かり　　　　　4．助かられ

(4) 石に＿＿＿＿、転んでしまった。

　　1．はさまって　　　2．つまずいて　　　3．おぼれて　　　　4．さまたげて

(5) じゃまだから、ちょっとそこ、＿＿＿＿ください。

　　1．どいて　　　　　2．といて　　　　　3．ほって　　　　　4．けって

(6) 掃除をしているときに、うっかり花びんを＿＿＿＿しまった。

　　1．ひっこんで　　　2．ひっかかって　　3．ひっぱって　　　4．ひっくりかえして

(7) 庭の隅に雑草がたくさん＿＿＿＿。

　　1．うえている　　　2．さいている　　　3．はえている　　　4．ふんでいる

(8) 日本の英語教育は読み書きに＿＿＿＿いるから、話すのが苦手だという人が少なくない。

　　1．かかわって　　　2．かたよって　　　3．かさなって　　　4．かぶせて

(9) 「いつまでも夢を＿＿＿＿いないで、そろそろ結婚でもしたらどうだ」と父が言った。

　　1．おいついて　　　2．おちついて　　　3．おいこして　　　4．おいかけて

(10) 昨日咲いたバラの花が今日はもう＿＿＿＿しまった。

　　1．しぼんで　　　　2．きしんで　　　　3．かさんで　　　　4．ちぢんで

問題II　次の(1)から(6)は、言葉の意味や使い方を説明したものです。その説明に最もあう言葉を
　　　　1・2・3・4から一つ選びなさい。

(1)　目標を決めて、それを手に入れようとする。

　　1．ぬすむ　　　　　2．にらむ　　　　　3．ねらう　　　　　4．のぞく

(2)　するべきことをしない。

　　1．おこたる　　　　2．さける　　　　　3．はぶく　　　　　4．はずす

(3)　めでたいことに、喜びの気持ちを表す。

　　1．のぞむ　　　　　2．いのる　　　　　3．ねがう　　　　　4．いわう

(4)　水の中や物の下に入り込む。

　　1．もぐる　　　　　2．ちぎる　　　　　3．ねじる　　　　　4．しばる

(5)　動作する。行動する。

　　1．ふくめる　　　　2．ふるまう　　　　3．ふさがる　　　　4．ふかまる

(6)　水などにほかのものがまざって見えにくくなる。

　　1．こおる　　　　　2．にごる　　　　　3．こする　　　　　4．とける

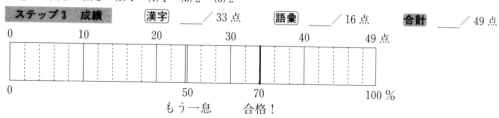

ステップ4《重要形容詞100》

意味を知っている言葉は□にチェックして、あなたの語彙力を試しましょう。26番から34番と、68番から100番は、[　　　　]の中に漢字を書きましょう。

【い形容詞】

□1．あつかましい　□2．あやしい　□3．あわただしい　□4．かゆい　□5．きつい

□6．くどい　□7．さわがしい　□8．ずうずうしい　□9．ずるい　□10．そうぞうしい

□11．そそっかしい　□12．だらしない　□13．とんでもない　□14．にくらしい　□15．ぬるい

□16．のろい　□17．ばからしい　□18．はげしい　□19．はなはだしい　□20．みっともない

□21．みにくい　□22．むしあつい　□23．めでたい　□24．もったいない　□25．やむをえない

□26．あやうい [　　　　]　□27．いさましい [　　　　]　□28．えらい [　　　　]

□29．おもいがけない [　　　　]　□30．けわしい [　　　　]　□31．するどい [　　　　]

□32．たのもしい [　　　　]　□33．ひとしい [　　　　]　□34．めんどうくさい [　　　　]

【な形容詞】

□35．あんい　□36．おおざっぱ　□37．おだやか　□38．かじょう　□39．けんきょ

□40．げんじゅう　□41．けち　□42．ごうか　□43．さわやか　□44．じゃま　□45．しんけん

□46．しんせん　□47．しんちょう　□48．すいちょく　□49．ぜいたく　□50．そっくり

□51．そまつ　□52．だとう　□53．でたらめ　□54．とうめい　□55．なだらか　□56．にわか

□57．のんき　□58．ばくだい　□59．はで　□60．ひきょう　□61．びみょう

□62. ぶっそう　□63. みじめ　□64. やっかい　□65. ゆかい　□66. よくばり　□67. わずか

□68. あらた [　　　　　]　□69. いだい [　　　　　]　□70. かいてき [　　　　　]

□71. きのどく [　　　　]　□72. きゅうそく [　　　　]　□73. きよう [　　　　]

□74. きょだい [　　　　]　□75. きらく [　　　　]　□76. げひん [　　　　]

□77. ごういん [　　　　]　□78. こうへい [　　　　]　□79. じみ [　　　　]

□80. じゅうだい [　　　]　□81. しゅよう [　　　]　□82. しょうじき [　　　]

□83. じょうひん [　　　]　□84. しんこく [　　　]　□85. すいへい [　　　]

□86. せいしき [　　　]　□87. そっちょく [　　　]　□88. つよき [　　　]

□89. てきかく [　　　]　□90. てごろ [　　　]　□91. なまいき [　　　]

□92. びょうどう [　　　]　□93. ふり [　　　]　□94. ほうふ [　　　]

□95. みごと [　　　]　□96. めいかく [　　　]　□97. ゆうり [　　　]

□98. ようき [　　　]　□99. よぶん [　　　]　□100. れいせい [　　　]

漢字チェック（1〜25、35〜67　上級の漢字　　26〜34、68〜100　中級の漢字）

1. ── 2. 怪しい 3. ── 4. ── 5. ── 6. ── 7. 騒がしい 8. ── 9. ──
10. 騒々しい 11. ── 12. ── 13. ── 14. 憎らしい 15. ── 16. ── 17. 馬鹿らしい
18. 激しい 19. 甚だしい 20. ── 21. 醜い 22. 蒸し暑い 23. ── 24. ── 25. ──
26. 危うい 27. 勇ましい 28. 偉い 29. 思いがけない 30. 険しい 31. 鋭い 32. 頼もしい 33. 等しい
34. 面倒くさい 35. 安易 36. ── 37. 穏やか 38. 過剰 39. 謙虚 40. 厳重 41. ── 42. 豪華
43. ── 44. 邪魔 45. 真剣 46. 新鮮 47. 慎重 48. 垂直 49. 贅沢 50. ── 51. 粗末
52. 妥当 53. ── 54. 透明 55. ── 56. ── 57. 呑気 58. 莫大 59. 派手 60. 卑怯 61. 微妙
62. 物騒 63. ── 64. ── 65. 愉快 66. 欲張り 67. ── 68. 新た 69. 偉大 70. 快適
71. 気の毒 72. 急速 73. 器用 74. 巨大 75. 気楽 76. 下品 77. 強引 78. 公平 79. 地味 80. 重大
81. 主要 82. 正直 83. 上品 84. 深刻 85. 水平 86. 正式 87. 率直 88. 強気 89. 的確 90. 手頃
91. 生意気 92. 平等 93. 不利 94. 豊富 95. 見事 96. 明確 97. 有利 98. 陽気 99. 余分
100. 冷静

問題Ⅰ ⬜⬜ に入れるのに最も適当な漢字を、1・2・3・4の中から一つ選びなさい。

(1) 日本の中央部には、高くて⬜しい山がいくつもある。　　　［1．険　2．厳　3．空　4．急］

(2) 私たちは一緒に住んでいるが、正⬜な結婚はしていない。［1．風　2．式　3．方　4．直］

(3) 彼は、若いのにしっかりしていて、非常に⬜もしい人物だ。［1．好　2．楽　3．願　4．頼］

(4) 彼女、社長に文句を言ったんだって。ずいぶん⬜ましいね。［1．勇　2．望　3．浅　4．強］

(5) この地方では、⬜富な水を使って水力発電を行っている。［1．満　2．豊　3．多　4．量］

(6) うそを言ってはいけないよ。正⬜に話しなさい。　　　　　［1．当　2．面　3．式　4．直］

(7) 彼女は手先が⬜用で、細かい仕事が上手だ。　　　　　　　［1．器　2．利　3．良　4．使］

(8) 会議の席は⬜い順だから、社長が一番奥に座る。　　　　　［1．偉　2．貴　3．重　4．老］

(9) さあ、今夜はどんどん飲んで⬜気にやろう。　　　　　　　［1．明　2．高　3．活　4．陽］

(10) これ、ちょっと派手だなあ。⬜味なシャツはないの。　　　［1．他　2．地　3．静　4．弱］

問題Ⅱ 次の文の下線をつけた言葉を漢字とひらがなで書きなさい。

問1 あの人の批評(ひひょう)はいつも(1)するどくて、(2)てきかくです。

　　(1) するどくて ＿＿＿＿＿＿＿＿＿　　(2) てきかく ＿＿＿＿＿＿＿＿＿

問2 日本の(1)しゅよう都市は、どこも(2)しんこくな交通問題になやまされている。

　　(1) しゅよう ＿＿＿＿＿＿＿＿＿　　(2) しんこく ＿＿＿＿＿＿＿＿＿

問 3 彼は(1)<u>れいせい</u>な人だから、どんなに(2)<u>あやうい</u>状況にあっても、落ち着きを失わない。

(1) れいせい ＿＿＿＿＿＿＿＿＿＿　　　　(2) あやうい ＿＿＿＿＿＿＿＿＿＿

問 4 今回の(1)<u>かいてき</u>な旅の最後に、私たちは古代の(2)<u>きょだい</u>な城を見に古い都を訪ねた。

(1) かいてき ＿＿＿＿＿＿＿＿＿＿　　　　(2) きょだい ＿＿＿＿＿＿＿＿＿＿

問題Ⅲ　次の文の下線をつけた言葉は、どのように読みますか。その読み方をそれぞれの１・２・ 3・4から一つ選びなさい。

問 1 少し(1)<u>強引</u>なやりかただったが、結果的には(2)<u>面倒</u>な問題が(3)<u>無事</u>に解決できてよかった。
- (1) 強引　　１．きょういん　　２．つよひき　　３．ごういん　　４．こうひき
- (2) 面倒　　１．めんどう　　２．めんとう　　３．めんたお　　４．めんど
- (3) 無事　　１．むじ　　２．ぶじ　　３．なしごと　　４．なしじ

問 2 彼は人に(1)<u>生意気</u>な感じを与えがちで面接試験では(2)<u>不利</u>だと思ったが、(3)<u>見事</u>に合格した。
- (1) 生意気　１．なまいき　　２．せいいき　　３．せいいっき　　４．しょういき
- (2) 不利　　１．ぶり　　２．ふり　　３．ふうり　　４．ぶっり
- (3) 見事　　１．けんごと　　２．みじ　　３．けんじ　　４．みごと

問 3 3人の子供に 10個のクッキーを、(1)<u>平等</u>に分けた。(2)<u>余分</u>な 1個は私がもらった。
- (1) 平等　　１．たいとう　　２．へいとう　　３．びょうどう　　４．へいどう
- (2) 余分　　１．よぶん　　２．みぶん　　３．かぶん　　４．きぶん

問 4 (1)<u>率直</u>に言って、彼女の発言はかなり(2)<u>強気</u>だと思う。彼女の言うことが(3)<u>実際</u>に(4)<u>可能</u>かどう か、十分に検討(けんとう)しなければならない。
- (1) 率直　　１．りっちょく　　２．そっちょく　　３．そちょく　　４．りつちょく
- (2) 強気　　１．つよき　　２．きょうき　　３．ごうけ　　４．つよけ
- (3) 実際　　１．じさい　　２．じつさい　　３．みさい　　４．じっさい
- (4) 可能　　１．ちのう　　２．むのう　　３．みのう　　４．かのう

問題Ⅰ　次の文の＿＿＿の部分に入れるのに最も適当なものを、1・2・3・4から一つ選びなさい。

(1) ちょっと＿＿＿注意したら、その子はすぐに泣き出してしまった。

　　1．かたく　　　　　2．はげしく　　　　3．きつく　　　　　4．こわく

(2) 彼女は＿＿＿から、いつも忘れ物をしたり、失敗をしたりする。

　　1．ばからしい　　　2．あわただしい　　3．そそっかしい　　4．あつかましい

(3) 殺人や強盗などの犯罪が増えているらしい。＿＿＿世の中になったものだ。

　　1．下品な　　　　　2．物騒な　　　　　3．厳重な　　　　　4．微妙な

(4) お湯が熱すぎるから、水を入れて＿＿＿してください。

　　1．すずしく　　　　2．あたたかく　　　3．ぬるく　　　　　4．つめたく

(5) 友達がみんないい服を着ているのに、私だけが汚い服で、とても＿＿＿だった。

　　1．けんきょ　　　　2．みじめ　　　　　3．気の毒　　　　　4．派手

(6) 彼女の話はぜんぶ＿＿＿だった。私はすっかりだまされていたわけだ。

　　1．さかさま　　　　2．しんこく　　　　3．でたらめ　　　　4．しんけん

(7) 突然の命令で海外へ出張することになった課長は、昨夜＿＿＿出発した。

　　1．はなばなしく　　2．はなはだしく　　3．ずうずうしく　　4．あわただしく

(8) 親にとって子供は大切なものに違いないが、時には＿＿＿思えることもある。

　　1．たのもしく　　　2．くだらなく　　　3．にくらしく　　　4．いさましく

(9) この問題は＿＿＿だ。簡単には解けないぞ。

　　1．げひん　　　　　2．わがまま　　　　3．ゆうり　　　　　4．やっかい

(10) ＿＿＿坂道をしばらく登った丘の上に私の通う高校がある。

　　1．なだらかな　　　2．ひとしい　　　　3．ほがらかな　　　4．したしい

問題Ⅱ　次の⑴から⑹は、言葉の意味や使い方を説明したものです。その説明に最もあう言葉を
　　　　1・2・3・4から一つ選びなさい。

⑴　程度がはげしいようす。

　　1．はなはだしい　　　2．なつかしい　　　3．そうぞうしい　　　4．あわただしい

⑵　進み方がゆっくりしているようす。

　　1．もろい　　　　　　2．のろい　　　　　3．ぬるい　　　　　4．にぶい

⑶　作りがていねいではないようす。質がよくないようす。

　　1．ふくざつ　　　　　2．げひん　　　　　3．じみ　　　　　　4．そまつ

⑷　お金などを出すことをいやがるようす。

　　1．のんき　　　　　2．けち　　　　　　3．りこう　　　　　4．きらく

⑸　音が大きくて、うるさいようす。

　　1．そうぞうしい　　　2．あわただしい　　3．そそっかしい　　4．あらあらしい

⑹　生活していくためのお金や物が少なくて、苦しいようす。

　　1．めずらしい　　　　2．まずしい　　　　3．みっともない　　4．めんどうくさい

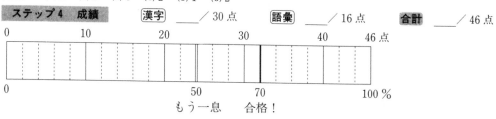

ステップ4　解答

漢字にチャレンジ　問題Ⅰ　⑴1　⑵2　⑶4　⑷1　⑸2　⑹4　⑺1　⑻1　⑼4　⑽2

問題Ⅱ　問1⑴鋭くて　⑵的確（適確）　問2⑴主要　⑵深刻　問3⑴冷静　⑵危うい　問4⑴快適　⑵巨大

問題Ⅲ　問1⑴3　⑵1　⑶2　問2⑴1　⑵2　⑶4　問3⑴3　⑵1　問4⑴2　⑵1　⑶4　⑷4

語彙にチャレンジ　問題Ⅰ　⑴3　⑵3　⑶2　⑷3　⑸2　⑹3　⑺4　⑻3　⑼4　⑽1

問題Ⅱ　⑴1　⑵2　⑶4　⑷2　⑸1　⑹2

ステップ4　成績　　**漢字**　＿＿／30点　　**語彙**　＿＿／16点　　**合計**　＿＿／46点

0　　　　　　10　　　　　　20　　　　　　30　　　　　　40　　　46点

0　　　　　　　　　　　　50　　　　70　　　　100％

もう一息　　合格！

ステップ**5**《重要副詞その他 100》

意味を知っている言葉は□にチェックして、あなたの語彙力を試しましょう。70 番から後は、[   ]の中に漢字を書きましょう。

□1．あくまで　□2．あいにく　□3．あんがい　□4．あらゆる　□5．あれこれ

□6．いきなり　□7．いくぶん　□8．いずれ　□9．いちいち　□10．いっしゅん

□11．いっせいに　□12．いったん　□13．いつのまにか　□14．いよいよ　□15．いわば

□16．おそらく　□17．およそ　□18．くれぐれも　□19．さきおととい　□20．さすが

□21．さっさと　□22．さらに　□23．しあさって　□24．じかに　□25．しかも

□26．しきゅう　□27．しきりに　□28．したがって　□29．じょじょに　□30．ずらり（と）

□31．せっかく　□32．せっせと　□33．せめて　□34．そっと　□35．そのうえ　□36．そのうち

□37．ただし　□38．ちっとも　□39．てっていてきに　□40．どうせ　□41．とっくに

□42．どっと　□43．ひとまず　□44．ひとりでに　□45．めったに　□46．やはり

□47．わずかに　□48．いきいき　□49．うろうろ　□50．きらきら　□51．しみじみ

□52．ちゃくちゃく　□53．のろのろ　□54．どきどき　□55．まごまご　□56．ぐっすり

□57．こっそり　□58．しっかり　□59．すっきり　□60．たっぷり　□61．ぴったり

□62．めっきり　□63．おかまいなく　□64．おかけください　□65．おじゃまします

□66．かしこまりました　□67．しまった　□68．しめた　□69．それはいけませんね

□ 70. いぜん [   ](＝前)　□ 71. いっそう [   ]　□ 72. いったい [   ]

□ 73. いちおう [   ]　□ 74. いちだんと [   ]　□ 75. いっぽう [   ]

□ 76. いまにも [   ]　□ 77. おおいに [   ]　□ 78. おもいっきり [   ]

□ 79. おもに [   ]　□ 80. おもわず [   ]　□ 81. かならずしも [   ]

□ 82. けっして [   ]　□ 83. さきほど [   ]　□ 84. さっそく [   ]

□ 85. しじゅう [   ]　□ 86. しだいに [   ]　□ 87. すくなくとも [   ]

□ 88. せったいに [   ]　□ 89. ぞくぞく（と） [   ]　□ 90. たしょう [   ]

□ 91. ただちに [   ]　□ 92. のこらず [   ]　□ 93. はたして [   ]

□ 94. ひっしに [   ]　□ 95. ひととおり [   ]　□ 96. ようするに [   ]

□ 97. おきのどくに [   ]　□ 98. おさきに [   ]

□ 99. おだいじに [   ]　□ 100. おまちどうさま [   ]

漢字チェック （1～69　上級の漢字、**70～100　中級の漢字**）

1. ── 2. ── 3. 案外 4. ── 5. ── 6. ── 7. 幾分 8. ── 9. ──
10. 一瞬 11. 一斉に 12. 一旦 13. ── 14. ── 15. ── 16. ── 17. ── 18. ──
19. ── 20. ── 21. ── 22. ── 23. ── 24. ── 25. ── 26. 至急 27. ── 28. ──
29. 徐々に 30. ── 31. ── 32. ── 33. ── 34. ── 35. ── 36. ── 37. ──
38. ── 39. 徹底的に 40～69. ── 70. 以前 71. 一層 72. 一体 73. 一応 74. 一段と 75. 一方
76. 今にも 77. 大いに 78. 思いっきり 79. 主に 80. 思わず 81. 必ずしも 82. 決して 83. 先ほど
84. 早速 85. 始終 86. 次第に 87. 少なくとも 88. 絶対に 89. 続々 90. 多少 91. 直ちに
92. 残らず 93. 果たして 94. 必死に 95. 一通り 96. 要するに 97. お気の毒に 98. お先に
99. お大事に 100. お待ち遠さま

問題Ⅰ ☐☐ に入れるのに最も適当な漢字を、1・2・3・4から一つ選びなさい。

(1) 頭を下げて 必☐ に頼んだが、引き受けてもらえなかった。［1．要　2．然　3．生　4．死］

(2) もっとこんでいるかと思ったら、電車は ☐外 すいていた。［1．心　2．案　3．意　4．想］

(3) そんな失礼なことは、絶☐ に言ってはいけません。　　［1．体　2．対　3．大　4．台］

(4) 新しいスーパーが開店したと聞いて、早☐ 行ってみた。　［1．目　2．速　3．急　4．直］

(5) ゆうべは仲間と飲んで歌って、☐いに楽しんだ。　　　　［1．大　2．強　3．遅　4．多］

(6) この雑誌は ☐に若い女性を対象としている。　　　　　　［1．主　2．別　3．重　4．中］

(7) 彼女は ☐前 ロンドンに住んでいたそうだ。　　　　　　　［1．以　2．去　3．過　4．昔］

(8) おなかがすいていたので、☐らず全部食べてしまった。　［1．作　2．残　3．必　4．余］

(9) あの方、娘さんがなくなったそうですよ。お気の☐に。　［1．苦　2．心　3．独　4．毒］

問題Ⅱ 次の文の下線をつけた言葉は、どのように読みますか。その読み方をそれぞれの1・2・
　　　　 3・4から一つ選びなさい。

(1) 彼女は始終文句ばかり言っている。［1．しじゅう　2．ししゅう　3．しゅうし　4．しじゅ］

(2) 調査で事実が次第に明らかになった。［1．じだいに　2．つぎだいに　3．しだいに　4．じたいに］

(3) 地震が起きたら直ちに火を消せ。［1．ただちに　2．ちょくちに　3．すぐちに　4．そくちに］

(4) 私はあなたのことを決して忘れない。［1．けして　2．けっして　3．きめして　4．きまして］

(5) 晴れますが、多少雲が出るでしょう。［1．おおしょ　2．たしょ　3．おおしょう　4．たしょう］

問題Ⅰ　次の文の_____の部分に入れるのに最も適当なものを、1・2・3・4から一つ選びなさい。

(1)　よく考えてみたが、_____両親の意見に従(したが)うことにした。

　　1．だから　　　　　2．そして　　　　　3．けれど　　　　　4．やはり

(2)　申し訳ございません。その商品は_____売り切れてしまいました。

　　1．あいにく　　　　2．ゆっくり　　　　3．あわせて　　　　4．いっしょに

(3)　ようやく海の見えるところに出た。そこから_____1キロ歩くと美しい海岸があった。

　　1．ますます　　　　2．もっと　　　　　3．さらに　　　　　4．そのうえ

(4)　_____やらなければならないんだから、早めにやってしまおう。

　　1．どうして　　　　2．どうせ　　　　　3．どうも　　　　　4．どうか

(5)　手紙や電話では申しにくいことですので、お会いして_____お話ししたいんですが。

　　1．しきりに　　　　2．いまに　　　　　3．たまに　　　　　4．じかに

(6)　ゆうべは_____眠ったので、今日は体調がとてもいい。

　　1．ぎっしり　　　　2．さっぱり　　　　3．ぐっすり　　　　4．ぴったり

(7)　ご家族のみなさんに_____よろしくお伝えください。

　　1．くれぐれも　　　2．しみじみと　　　3．ぞくぞくと　　　4．かならずしも

(8)　問題はこれで_____落ち着いたが、しばらくは様子を見る必要がありそうだ。

　　1．とっくに　　　　2．いよいよ　　　　3．ひとまず　　　　4．たちまち

(9)　_____そのうち、ぜひ会おう。また、連絡するよ。

　　1．やっと　　　　　2．しきゅう　　　　3．いずれ　　　　　4．とっくに

(10)　はじめて東京駅へ行ったとき、_____していたら、新幹線に乗り遅れてしまった。

　　1．まごまご　　　　2．たまたま　　　　3．のろのろ　　　　4．そろそろ

(11) 薬を飲んだのに、＿＿＿＿よくならない。

　　1．ちっとも　　　2．どうせ　　　　3．いまにも　　　4．いくぶん

(12) Ａ：島田さん、今日来るでしょうか。　Ｂ：＿＿＿＿来ないだろうと思いますよ。

　　1．ただし　　　　2．おそらく　　　　3．めったに　　　4．わずかに

(13) お金はもう＿＿＿＿払いました。

　　1．ひとりでに　　2．しきりに　　　　3．しだいに　　　4．とっくに

(14) あの木は＿＿＿＿倒れそうだ。危ないな。

　　1．きっと　　　　2．先ほど　　　　　3．今にも　　　　4．さっさと

(15) あ、＿＿＿＿。財布を家に置いてきた。

　　1．しめた　　　　2．しまった　　　　3．しめった　　　4．しばった

問題Ⅱ　（　　）に入る適当な言葉を、下の１～８の中から選びなさい。

(1) 午後降り始めた雨は、夜になって（　　）はげしくなった。

(2) ピストルの音を合図に、選手たちは（　　）にスタートした。

(3) 高校で（　　）の勉強はしましたが、専門的な勉強はこれからです。

(4) （　　）どうしてそんなことをしたんですか。

(5) 踏切（ふみきり）では（　　）停止をしなければならない。

(6) （　　）の不注意が大事故を招くこともある。

(7) 彼は優秀（ゆうしゅう）な技術者であるが、（　　）才能に恵（めぐ）まれた芸術家でもある。

```
1．一体　2．一層　3．一段　4．一瞬（いっしゅん）　5．一斉（いっせい）　6．一通り　7．一旦（いったん）　8．一方
```

問題Ⅲ　次の(1)から(6)は、言葉の意味や使い方を説明したものです。その説明に最もあう言葉を
　　　　1・2・3・4から一つ選びなさい。

(1)　量が多くて、十分にあるようす。

　　1．こっそり　　　　　2．たっぷり　　　　　3．すっきり　　　　　4．すっかり

(2)　おおざっぱにするようす。

　　1．すっと　　　　　　2．そっと　　　　　　3．ほっと　　　　　　4．ざっと

(3)　余裕が十分あるようす。

　　1．ゆうゆう　　　　　2．のろのろ　　　　　3．いらいら　　　　　4．うろうろ

(4)　事がうまくいったときに喜んで言う言葉。

　　1．しめた　　　　　　2．とめた　　　　　　3．はまった　　　　　4．とった

(5)　ちょうど合うようす。

　　1．しっかり　　　　　2．ぴったり　　　　　3．はっきり　　　　　4．いきなり

(6)　人から頼まれたり、命令されたときに、それを受けて言う言葉。

　　1．おまちどうさま　　2．おかまいなく　　　3．かしこまりました　　4．それはいけませんね

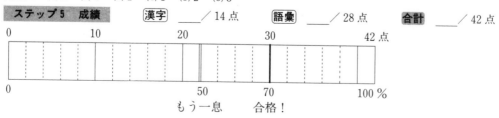

ステップ5　解答

漢字にチャレンジ　　問題Ⅰ　(1) 4　(2) 2　(3) 2　(4) 2　(5) 1　(6) 1　(7) 1　(8) 2　(9) 4
問題Ⅱ　(1) 1　(2) 3　(3) 1　(4) 2　(5) 4

語彙にチャレンジ　　問題Ⅰ　(1) 4　(2) 1　(3) 3　(4) 2　(5) 4　(6) 3　(7) 1　(8) 3　(9) 3　(10) 1　(11) 1
(12) 2　(13) 4　(14) 3　(15) 2

問題Ⅱ　(1) 2　(2) 5　(3) 6　(4) 1　(5) 7　(6) 4　(7) 8
問題Ⅲ　(1) 2　(2) 4　(3) 1　(4) 1　(5) 2　(6) 3

ステップ5　成績　　　漢字 ＿＿＿／14点　　　語彙 ＿＿＿／28点　　　合計 ＿＿＿／42点

| 0 | 10 | 20 | 30 | 42点 |

0　　　　　　　　　　　　　50　　　　70　　　　100 %
　　　　　　　　　もう一息　　合格！

総合問題

問題Ⅰ　次の文の下線をつけた言葉は、どのように読みますか。その読み方をそれぞれの１・２・
　　　３・４から一つ選びなさい。

問１　老人ホーム建設をめぐる(1)論争は、(2)知事の(3)強引な決定で幕を(4)閉じた。

(1)	論争	1．ろんじゅつ	2．ろんそう	3．れんそう	4．れんせん
(2)	知事	1．ちじ	2．しじ	3．しごと	4．ちごと
(3)	強引	1．つよびき	2．きょういん	3．ごういん	4．ごうびき
(4)	閉じた	1．へじた	2．へいじた	3．とうじた	4．とじた

問２　昨日の(1)大風で、せっかく(2)育てた(3)作物がみんな(4)倒れてしまった。

(1)	大風	1．たいふう	2．だいふう	3．おおかぜ	4．おうかぜ
(2)	育てた	1．そだてた	2．いくてた	3．へだてた	4．おだてた
(3)	作物	1．つくりもの	2．つくりぶつ	3．さくもつ	4．さくぶつ
(4)	倒れて	1．たおれて	2．とうれて	3．とれて	4．おれて

問３　(1)真赤な(2)夕日の中を、空高く鳥の(3)群れが(4)渡っていった。

(1)	真赤	1．まあか	2．まっか	3．まか	4．まかあ
(2)	夕日	1．ゆうひ	2．ゆうび	3．ゆうにち	4．ゆうじつ
(3)	群れ	1．ぐんれ	2．むれ	3．まれ	4．もれ
(4)	渡って	1．わたりって	2．とおって	3．わたって	4．とって

問４　(1)人生を(2)険しい山道に(3)例えることがある。そして、山の(4)頂上はゴール、すなわち(5)目的を
　　　意味する。

(1)	人生	1．にんしょう	2．にんせい	3．じんしょう	4．じんせい
(2)	険しい	1．けわしい	2．こわしい	3．くわしい	4．けんしい
(3)	例える	1．れいえる	2．たとえる	3．さかえる	4．くわえる
(4)	頂上	1．ていじょう	2．てんじょう	3．ちょうじょう	4．さんじょう
(5)	目的	1．もくてき	2．みてき	3．めてき	4．もってき

問題II　次の文の下線をつけた言葉は、どのような漢字を書きますか。その漢字をそれぞれの１・
２・３・４から一つ選びなさい。

問１　記者たちは市長を(1)かこみ、(2)よさんについての(3)するどい質問を次々にした。

(1)　かこみ　　　１．囲み　　　２．包み　　　３．周み　　　４．輪み
(2)　よさん　　　１．余算　　　２．世算　　　３．予算　　　４．与算
(3)　するどい　　１．重い　　　２．鈍い　　　３．鉄い　　　４．鋭い

問２　会計でだまって(1)だいきんを(2)はらって(3)しなものを受け取る。会話はないに(4)ひとしい。

(1)　だいきん　　１．大金　　　２．替金　　　３．借金　　　４．代金
(2)　はらって　　１．払って　　２．貸って　　３．計って　　４．支って
(3)　しなもの　　１．本物　　　２．品物　　　３．生物　　　４．実物
(4)　ひとしい　　１．比しい　　２．久しい　　３．同しい　　４．等しい

問３　最近は、(1)かんづめより(2)れいとう食品のほうが(3)しょうひしゃに好まれる(4)けいこうがあるよ
　　うだ。

(1)　かんづめ　　１．管活　　　２．管詰　　　３．缶活　　　４．缶詰
(2)　れいとう　　１．冷凍　　　２．冷氷　　　３．冷東　　　４．冷棟
(3)　しょうひしゃ　１．生費者　　２．生資者　　３．消資者　　４．消費者
(4)　けいこう　　１．経何　　　２．形何　　　３．計向　　　４．傾向

問４　大使(1)ふさいの(2)だいりとして式に(3)まねかれた。(4)えらい人たちに次々に紹介されて、緊　張
　　した。

(1)　ふさい　　　１．夫婦　　　２．不在　　　３．婦妻　　　４．夫妻
(2)　だいり　　　１．大理　　　２．代理　　　３．代里　　　４．大里
(3)　まねかれた　１．招かれた　２．昭かれた　３．沼かれた　４．紹かれた
(4)　えらい　　　１．違い　　　２．緯い　　　３．偉い　　　４．葦い

問５　去年から失業していたが、銀座の(1)こうこく会社に(2)やとってもらうことになった。

(1)　こうこく　　１．交告　　　２．交国　　　３．広国　　　４．広告
(2)　やとって　　１．雇って　　２．屋取って　３．用って　　４．採って

問題III　次の文の_____の部分に入れるのに最も適当なものを、1・2・3・4から一つ選びなさい。

(1)　西の空に黒い雲が出てきた。「雨かな」と思ったとき、とつぜん_____が鳴った。

　　1．ゆうだち　　　　2．かみなり　　　　3．かみそり　　　　4．みちなり

(2)　あ、それ、上と下が_____ですよ。

　　1．さかだち　　　　2．はんそく　　　　3．さかさま　　　　4．はんせい

(3)　がんばって走ったが、新記録には_____届かなかった。

　　1．少ししか　　　　2．ちょうど　　　　3．わずかに　　　　4．必ずしも

(4)　たいへん_____ですが、明日もう一度お電話をいただけませんか。

　　1．感激_{かんげき}　　　　2．覚悟_{かくご}　　　　3．感謝_{かんしゃ}　　　　4．恐縮_{きょうしゅく}

(5)　彼は新しい職場になかなか_____らしい。

　　1．飲みこめない　　2．落ちこめない　　3．とけこめない　　4．しみこめない

(6)　間違いがあるかもしれません。すみませんが_____してください。

　　1．チャック　　　　2．シック　　　　3．チェック　　　　4．ショック

(7)　最近の若者たちは、手間のかかることを「_____」と言っていやがる傾向がある。

　　1．あつかましい　　2．頼もしい　　　　3．面倒くさい　　　　4．思いがけない

(8)　私は_____な人間ですから、細かいことはあまり気にしないんです。

　　1．おおざっぱ　　　2．おおよそ　　　　3．だいぶ　　　　　4．だいたい

(9)　9月15日はお年寄りを_____ための祝日です。

　　1．うやまう　　　　2．はかどる　　　　3．かわいがる　　　　4．わびる

(10)　ひまと、お金の両方を同時に持ちたいって。それは、_____だよ。

　　1．しんせん　　　　2．のんき　　　　3．よくばり　　　　4．けんきょ

(11)　今朝は気温が_____になって、氷が張_はった。

　　1．マイナス　　　　2．マイクロ　　　　3．マスコミ　　　　4．マラソン

(12) 初めての発表会で緊張<ruby>緊張<rt>きんちょう</rt></ruby>していたため、終わってから_____疲れが出た。

　　1．さっと　　　　　2．ほっと　　　　　3．どっと　　　　　4．そっと

(13) 台風接近の影響で、鉄道の_____が乱れている。

　　1．ダイヤ　　　　　2．タイヤ　　　　　3．タイプ　　　　　4．ダイヤル

(14) 長男の誕生を待つ間、父親は病院のロビーでただ_____するばかりだった。

　　1．がやがや　　　　2．せかせか　　　　3．のろのろ　　　　4．うろうろ

(15) 昨日はステーキを食べたから、今日の晩御飯の_____は、魚がいいね。

　　1．おすし　　　　　2．おさしみ　　　　3．おさら　　　　　4．おかず

(16) 注文が_____らしい。同じ商品が２つ届いてしまった。

　　1．シマった　　　　2．サボった　　　　3．ミスった　　　　4．ダブった

(17) このマンションの10階からの_____は最高ですよ。

　　1．ながめ　　　　　2．見通し　　　　　3．見かけ　　　　　4．外見

(18) 彼は今まで一度も勝ったことがない。_____今度も負けるだろう。

　　1．むしろ　　　　　2．どんなに　　　　3．おそらく　　　　4．すなわち

(19) 子供たちは、楽しそうに海に_____、魚や貝をとっていた。

　　1．のぞいて　　　　2．もぐって　　　　3．いれて　　　　　4．さぐって

(20) 暑くなったので、髪を短く_____もらった。

　　1．かって　　　　　2．ぬいて　　　　　3．はさんで　　　　4．とって

問題IV 次の(1)から(16)は、言葉の意味や使い方を説明したものです。その説明に最もあう言葉を
　　　　1・2・3・4から一つ選びなさい。

(1)　勝つか、負けるか。

　　1．しょうぶ　　　　2．しあい　　　　3．せんとう　　　　4．けっせん

(2)　姿や顔がきれいに見えるように服装などに心をくばること。

　　1．美容院　　　　2．おしゃれ　　　　3．化粧　　　　4．作法

(3)　必要なものを全部集める。

　　1．たとえる　　　　2．そろえる　　　　3．つたえる　　　　4．ととのえる

(4)　あちこち。

　　1．ほうぼう　　　　2．そこそこ　　　　3．ところどころ　　　4．どこそこ

(5)　ほかにいい方法がない。

　　1．思いがけない　　2．やむをえない　　3．要領をえない　　4．とんでもない

(6)　すがたや形が細くて格好がいいようす。

　　1．スタイル　　　　2．スピーチ　　　　3．スタート　　　　4．スマート

(7)　相手を負かす。

　　1．ひっかける　　　2．くっつける　　　3．やっつける　　　4．うったえる

(8)　葉書や手紙など。

　　1．あいさつ　　　　2．たより　　　　3．書類　　　　4．原稿

(9)　不注意で失敗をするようす。

　　1．うっかり　　　　2．すっかり　　　　3．さっぱり　　　　4．こっそり

(10)　食べ物などを出されたときに客が遠慮して言う言葉。

　　1．おきのどくに　　2．おじゃまします　3．おかまいなく　　4．おまちどうさま

(11)　光が強くて目を開けていられないようす。

　　1．まぶしい　　　　2．あやしい　　　　3．いさましい　　　4．ひとしい

(12) 大きな声で言う。

    1．どなる   2．いばる   3．うなる   4．ささやく

(13) ほかのものと違って優れている点。

    1．特定   2．独特   3．特色   4．特殊

問題Ⅰ［１点×17問］　問１(1) 2　(2) 1　(3) 3　(4) 4　問２(1) 3　(2) 1　(3) 3　(4) 1　問３(1) 2　(2) 1
(3) 2　(4) 3　問４(1) 4　(2) 1　(3) 2　(4) 3　(5) 1

問題Ⅱ［１点×17問］　問１(1) 1　(2) 3　(3) 4　問２(1) 4　(2) 1　(3) 2　(4) 4　問３(1) 4　(2) 1　(3) 4
(4) 4　問４(1) 4　(2) 2　(3) 1　(4) 3　問５(1) 4　(2) 1

問題Ⅲ［２点×20問］　(1) 2　(2) 3　(3) 3　(4) 4　(5) 3　(6) 3　(7) 3　(8) 1　(9) 1　(10) 3　(11) 1　(12) 3
(13) 1　(14) 4　(15) 4　(16) 4　(17) 1　(18) 3　(19) 2　(20) 1

問題Ⅳ［２点×13問］　(1) 1　(2) 2　(3) 2　(4) 1　(5) 2　(6) 4　(7) 3　(8) 2　(9) 1　(10) 3　(11) 1　(12) 1
(13) 3

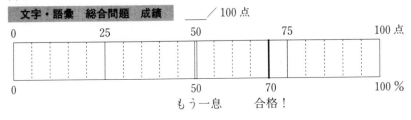

文字・語彙　総合問題　成績　＿＿＿／ 100 点

| 0 | | 25 | | | 50 | | | 75 | | | 100 点 |

0　　　　　　　　　　　　　　　　　　　50　　　　　70　　　　　100 ％

もう一息　　　合格！

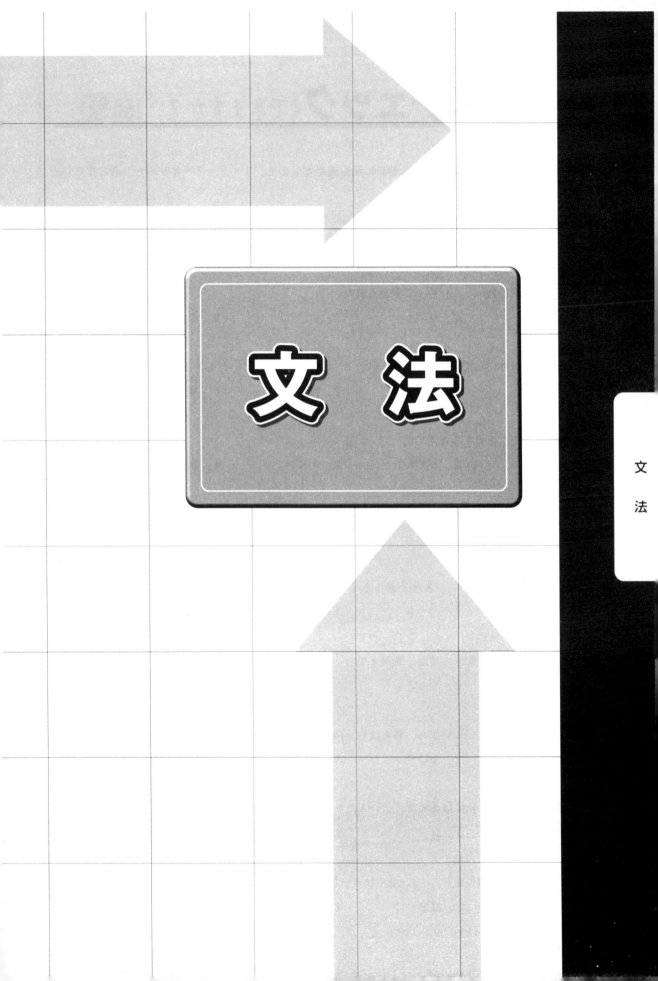

文　法

中級文法チェック《できますか？　150題》

問題　次の文の（　　）の中に入れるのに最も適当なものを、1・2・3・4から一つ選びなさい。

(1)　母は、心（　　）こめて私のセーターを編んでくれた。

　　1．が　　　　　　　2．を　　　　　　　3．に　　　　　　　4．で

(2)　都市開発は計画（　　）そって進められた。

　　1．と　　　　　　　2．へ　　　　　　　3．に　　　　　　　4．も

(3)　今、主人は外出しておりますので、（　　）次第ご連絡させていただきます。

　　1．帰る　　　　　　2．帰って　　　　　3．帰り　　　　　　4．帰った

(4)　彼がそんなことをするなんて信じ（　　）。

　　1．きれない　　　　2．がたい　　　　　3．やすい　　　　　4．かねない

(5)　こんな簡単な計算は子供で（　　）できる。

　　1．こそ　　　　　　2．から　　　　　　3．より　　　　　　4．さえ

(6)　台風が近づくに（　　）、風雨が強くなってきた。

　　1．つれて　　　　　2．つづき　　　　　3．つけ　　　　　　4．ついて

(7)　たとえ困難なことがあっても、最後まで（　　）という気持ちが大切だ。

　　1．やりつくそう　　2．やりこもう　　　3．やりぬこう　　　4．やりこめよう

(8)　いくら電話してもいないから、彼女はもう国へ帰ったに（　　）。

　　1．はずだ　　　　　2．わけだ　　　　　3．すぎない　　　　4．ちがいない

(9)　祖父は年の（　　）には元気で、若い人たちと一緒にスポーツを楽しんでいる。

　　1．より　　　　　　2．はず　　　　　　3．わり　　　　　　4．ころ

(10)　あの人の言葉を信じた（　　）、全くひどい目にあってしまった。

　　1．うえで　　　　　2．ばかりに　　　　3．ついでに　　　　4．からには

(11)　急にそんなことを聞かれても、返事の（　　　）。

　　1．しようがない　　2．しかたがない　　3．しょうがない　　4．しどころがない

(12)　数学に（　　　）、彼の右に出るものはいない。

　　1．かかって　　　　2．かかり　　　　　3．かけては　　　　4．かけると

(13)　一人娘の結婚式の日、父親は何となく（　　　）だった。

　　1．さびしげ　　　　2．さびしく　　　　3．さびしさ　　　　4．さびしみ

(14)　こちらへお越しの（　　　）、どうぞご連絡ください。お待ちしております。

　　1．ほどに　　　　　2．さいは　　　　　3．ころに　　　　　4．あとに

(15)　弟はふらっと家を出た（　　　）、電話もかけてこない。

　　1．きり　　　　　　2．ので　　　　　　3．から　　　　　　4．まで

(16)　今年は天気がよかったので、去年（　　　）米のできがいい。

　　1．くらい　　　　　2．にくらべて　　　3．ばかり　　　　　4．にしたがって

(17)　あれこれやってみた（　　　）、結局うまくいかなかった。

　　1．ことか　　　　　2．からには　　　　3．わけで　　　　　4．ものの

(18)　子供ができると、楽しくなる（　　　）、育児で忙しくなる。

　　1．最中　　　　　　2．反面　　　　　　3．際　　　　　　　4．以上

(19)　電話で話せばすむことだから、わざわざ行く（　　　）。

　　1．しかない　　　　2．ものではない　　3．ことはない　　　4．わけにはいかない

(20)　たとえお金が（　　　）、健康でなければ幸せとは言えない。

　　1．あっても　　　　2．あれば　　　　　3．なくても　　　　4．なければ

(21)　当店は、来月から土日も休まず営業します。（　　　）、年末年始は休業します。

　　1．ところで　　　　2．あるいは　　　　3．そこで　　　　　4．ただし

(22)　初めて彼の演奏を聞いたとき、これ（　　　）私が求めていた音楽だと感じた。

　　1．さえ　　　　　　2．すら　　　　　　3．こそ　　　　　　4．ほど

(23) お金がほしいなら、一生懸命働く（　　）です。

1．わけ　　　　　　2．もの　　　　　　3．ところ　　　　　4．こと

(24) この辺りは、交通が便利な（　　）、環境もいいので、土地の値段が高い。

1．うえで　　　　　2．うえに　　　　　3．わけで　　　　　4．ことに

(25) 公表した以上、計画を実施（　　）ざるを得ない。

1．する　　　　　　2．し　　　　　　　3．せ　　　　　　　4．して

(26) 先生にご都合を（　　）ところ、土曜日ならいつでもいいとのことだった。

1．うかがう　　　　2．うかがおう　　　3．うかがった　　　4．うかがっている

(27) これは、どこ（　　）、子供の書いたものとは思えない。

1．まで見ると　　　2．までしても　　　3．からしたら　　　4．から見ても

(28) 日本語が（　　）せいで、困ったことが何度もある。

1．下手で　　　　　2．下手の　　　　　3．下手な　　　　　4．下手

(29) その知らせを聞いたとき、驚きの（　　）、声も出なかった。

1．あとで　　　　　2．あまり　　　　　3．あげく　　　　　4．うえで

(30) 次回のテーマは、「家庭に（　　）子供の教育」の予定です。

1．する　　　　　　2．ある　　　　　　3．おける　　　　　4．いたる

(31) 両国の友好関係が、いつまでも変わる（　　）続くことを祈っております。

1．ことか　　　　　2．ことに　　　　　3．ことなく　　　　4．ことから

(32) 子供のときに日本にいた（　　）、彼は、日本語の発音がとてもきれいだ。

1．だけに　　　　　2．ばかりに　　　　3．からに　　　　　4．ことに

(33) 大人（　　）何でもないようなことでも、子供の心を深くきずつけることがある。

1．といえば　　　　2．にすれば　　　　3．として　　　　　4．といったら

(34) 会議に（　　）、社長からあいさつがあった。

1．わたって　　　　2．かけて　　　　　3．さきだって　　　4．おうじて

(35) 田中先生 （　　　） のベテランでも、一体どう教えたらいいかと思うことがあるそうだ。

　　1．ほど　　　　　2．まで　　　　　3．から　　　　　4．さえ

(36) リンさんは4月から貿易会社で通訳（つうやく） （　　　） 働くことになった。

　　1．にとって　　　2．といって　　　3．にして　　　4．として

(37) A：どうして遅れたの。　　B：だってバスが来なかったんだ （　　　）。

　　1．ものだ　　　　2．ものか　　　　3．もの　　　　　4．ものを

(38) 彼は、日本語（　　　）、英語もフランス語も話せる。

　　1．ばかりでなく　2．ながらも　　　3．にかぎって　　4．だけあって

(39) 彼は、パリ大学のパスカル教授（　　　）研究を行い、論文を完成した。

　　1．のもとで　　　2．にもとづいて　3．によって　　　4．をもとに

(40) 昨日は関東地方から東北地方（　　　）かけて、大荒（おおあ）れの天気となった。

　　1．まで　　　　　2．に　　　　　　3．を　　　　　　4．で

(41) 山村選手は、友人の試合を見に行った （　　　）、テニスを始めたそうだ。

　　1．のをきっかけに　2．のがわけで　　3．のをはじめ　　4．しだいで

(42) 仕事のことは （　　　）、健康（けんこう）の回復を第一に考えるべきでしょう。

　　1．とにかく　　　2．なんとなく　　　3．ともかく　　　4．もとより

(43) （　　　） うちに、あちこちへ旅行して楽しみたいものだ。

　　1．元気だ　　　　2．元気　　　　　3．元気な　　　　4．元気の

(44) 日本は、自動車 （　　　）、さまざまな工業製品を輸出している。

　　1．といっても　　2．にしては　　　3．をはじめ　　　4．において

(45) 給料を上げると約束した （　　　）、必ず実行してもらいたい。

　　1．いらい　　　　2．いじょう　　　　3．いっぽう　　　4．しだい

(46) 家庭の問題で （　　　） あげく、この相談所にかけこむ人が増えている。

　　1．なやむ　　　　2．なやんで　　　3．なやんだ　　　4．なやんでいる

(47) 私の知っている（　　）、山田さんをうらんでいる人はいない。

1．にかぎらず　　　2．にかぎって　　　3．にかぎり　　　4．かぎりでは

(48) 夫は疲れた様子で帰宅し、ふとんに入るか（　　）のうちに、ねむってしまった。

1．入るまいか　　　2．入るまいが　　　3．入らないか　　　4．入ろうか

(49) 部屋がゴミ（　　）だ。汚い。すぐ掃除しなさい。

1．がち　　　　　　2．ばかり　　　　　3．だけ　　　　　　4．だらけ

(50) つかい（　　）くらいの金を持ってみたい。

1．ぬけない　　　　2．えない　　　　　3．きれない　　　　4．かねない

(51) できる（　　）、やろうとしない。そんな息子を見ているとイライラする。

1．はずで　　　　　2．つもりで　　　　3．ばかりに　　　　4．くせに

(52) あなたに手伝ってもらえれば、どんなに心強い（　　）。

1．ことか　　　　　2．ものか　　　　　3．ものを　　　　　4．わけか

(53) 通信手段の発達に（　　）、電報をはじめとする従来の通信が姿を消しつつある。

1．かわりに　　　　2．そって　　　　　3．ともなって　　　4．つけて

(54) あの難しい試験に合格する（　　）、彼女はほんとうにすごい。

1．なんか　　　　　2．なんて　　　　　3．にかけては　　　4．から見ると

(55) 彼は、専門の西洋史は（　　）、芸術から科学にいたるまで広く深い知識をもっている。

1．きまって　　　　2．もとより　　　　3．はじめに　　　　4．ぬきにして

(56) 母親の声を聞いた（　　）、その子は大きな声で泣き出した。

1．に反して　　　　2．とたん　　　　　3．ところで　　　　4．きり

(57) この物語は年齢（　　）、だれからも愛されている。

1．のみならず　　　2．にかかわらず　　　3．を問わず　　　4．をめぐって

(58) こんなバカな失敗は、もう二度と（　　）。

1．するまい　　　2．せざるをえない　　　3．しないものだ　　　4．しないではいられない

(59) 無理、無理。そんなこと、あいつに（　　）。

1．できることか　2．できることはない　3．できっこない　　4．できないものか

(60) あの人に手紙を書こうと思いつつも、（　　）。

1．忙しくて書くひまがない　　　　　　2．電話をかけた

3．あの人から手紙をもらった　　　　　4．早速書いた

(61) 場合によっては実現（　　）が、かなり難しいだろう。

1．しないうちに　　　　　　　　　　　2．できないこともない

3．したところで　　　　　　　　　　　4．できないかできるまいか

(62) この店は、何を食べてもおいしい。料理長がフランスで勉強した（　　）。

1．ことになっている　2．というばかりだ　3．というくらいだ　4．というだけのことはある

(63) やることはすべてやったのだから、あとは天に祈る（　　）。

1．しかたがない　　2．ことはなく　　3．ほかない　　4．ほかならない

(64) あと1点で合格できたと思うと、くやしくて（　　）

1．そういない　　　2．ものがある　　3．といったらない　4．たまらない

(65) いくら説明書を読んでも、実際に（　　）、機械を動かせるかどうかわからない。

1．やってみることだから　　　　　　　2．やってみないことには

3．やってみようと　　　　　　　　　　4．やってみて

(66) 課長は部屋に（　　）、また会議のために出て行ってしまった。

1．もどったとたん　2．もどって以来　　3．もどり次第　　4．もどったかと思うと

(67) お金が（　　）何でもできると考えるのは、まちがいです。

1．ありさえすれば　2．あるからして　　3．あるだけあって　4．ありこそすれば

(68) 彼は背が高い（　　）。お父さんもお母さんもバレーボールの選手だったそうだ。

1．ところだ　　　　2．わけだ　　　　　3．からだ　　　　4．ことだ

(69) 資源を大切にしなければいけないのに、わが国の紙の使用量は（　　）。

1．減る一方だ　　　2．増える一方だ　　3．増えるわけがない　4．減らざるをえない

(70) あの人は（　　　）、歌手としても人気がある。

1．映画や舞台にはでないが　　　　　　2．俳優としてばかりか

3．たいへん活躍しているとしても　　　4．世界的に認められているどころか

(71) 仕事で忙しい（　　　）、たまにはあいさつに来たらどうだ。

1．にしては　　　　2．にせよ　　　　3．とすれば　　　4．ときたら

(72) 自然を守るために我々がまずやる（　　　）ことは、資源をむだに使わないことだ。

1．べき　　　　　2．はずの　　　　　3．といった　　　　4．ような

(73) 彼ほどの実力があれば十分（　　　）うると思っていたのだが。

1．成功　　　　　2．成功し　　　　　3．成功する　　　　4．成功して

(74) このあたりは、火山が多い（　　　）から、「火山群地帯」と呼ばれている。

1．だ　　　　　　2．の　　　　　　　3．こと　　　　　　4．ため

(75) こんなに景気が悪いと、会社がつぶれる（　　　）もある。

1．わけ　　　　　2．つもり　　　　　3．おそれ　　　　　4．もの

(76) A：あの絵、いいねえ。　　B：ええ。ほんとうに。見れば見る（　　　）いい絵ね。

1．くらい　　　　2．こそ　　　　　　3．まま　　　　　　4．ほど

(77) 自分の店を出せる（　　　）出してみたいが、そんなお金はない。

1．ものは　　　　2．もので　　　　　3．ものなら　　　　4．ものの

(78) 彼の結婚パーティーは2日間に（　　　）行われた。

1．つうじて　　　2．わたって　　　　3．とおって　　　　4．かけて

(79) 小学生にこんな難しい問題が（　　　）。

1．解けるとは限らない　　　　　　　　2．解けないにすぎない

3．解けるわけがない　　　　　　　　　4．解けないものではない

(80) たくさん薬を飲んだからといって、病気がすぐ（　　　）。

1．よくなるわけではない　　　　　　　2．よくなることになっている

3．よくなるわけにはいかない　　　　　4．よくならないこともない

(81) 景気が悪くて、給料を上げる（　　）。

1．にすぎない　　　2．どころではない　3．ものではない　　4．わけではない

(82) 天気が悪いにもかかわらず、スポーツ大会は（　　）。

1．行われなかった　2．行われた　　　　3．中止された　　　4．中止されるはずだ

(83) 計画をなんとしても成功させるために、みんなで（　　）。

1．がんばるまでもない　　　　　　　2．がんばることはないか

3．がんばりかねない　　　　　　　　4．がんばろうではないか

(84) 他人の悪口は決して言う（　　）。

1．ほどではない　　2．ものではない　　3．だけではない　4．までもない

(85) この番組についての率直なご意見をお待ちしています。なお、お便りは（　　）。

1．はがきでお寄せください　　　　　2．たくさん来るといいですね

3．どんどんいただきたいです　　　　4．よろしくお願いいたします

(86) 失敗して初めて、自分の間違いに気がついたという（　　）。

1．あげくです　　2．ものです　　　3．しだいです　　4．ところです

(87) せっかく手伝ってあげたのに、彼は感謝する（　　）迷惑そうな顔をした。

1．ばかりで　　　2．べきで　　　　3．だけか　　　　4．どころか

(88) 最近、都市の子供の数が急に減っているという（　　）。

1．までだ　　　　2．ものだ　　　　3．わけだ　　　　4．ことだ

(89) 家族で食事をしている（　　）、祖父が亡くなったという知らせがきた。

1．ところに　　　2．ところで　　　3．どころか　　　4．ところを

(90) 彼は英語に強い（　　）、海外の事情に詳しい。

1．ばかりに　　　2．うえで　　　　3．だけあって　　4．にかぎり

(91) 暑いからといって、冷たいものばかり（　　）。

1．食べざるを得ない　　　　　　　　2．食べるのはよくない

3．食べるのがいい　　　　　　　　　4．食べたくてたまらない

(92) いったんやり始めたからには、良い結果を出すまで（　　）。

1．やめてもいい　　2．やめなかった　　3．やめたくない　　4．やめざるをえない

(93) こんなにいい天気が続くと、（　　）、水不足になる恐れがある。

1．大雨が降るか降らないかのうちに　　　　2．大雨が降ったきり

3．大雨でも降らない限り　　　　　　　　　4．大雨が降る限り

(94) 彼はほんとうに酒が好きだ。（　　）、だれかを誘って飲みに行く。

1．うれしいと悲しいと　　　　　　　　　　2．うれしいやら悲しいやら

3．うれしいとか悲しいとか　　　　　　　　4．うれしいにつけ悲しいにつけ

(95) 彼は、歌も歌えば、（　　）。

1．上手に歌う　　2．踊りも踊る　　3．すばらしい声だ　　4．たいしてうまくない

(96) 彼女の成功は、（　　）、考えられない。

1．家族の協力をぬきにして　　　　　　　　2．家族の協力があってこそ

3．彼女自身の努力のみならず　　　　　　　4．彼女自身の努力があればこそ

(97) さあ、どうぞ。何でも好きな物を食べたい（　　）食べてください。

1．だけ　　　　2．ほど　　　　3．くらい　　　　4．ばかり

(98) 入学試験のやり方（　　）、教授からいろいろな意見が出た。

1．を通して　　2．をもとにして　　3．を契機に　　4．をめぐって

(99) 明日の会議は（　　）っけ。メモをなくしちゃって……。

1．何時だろう　　2．何時からです　　3．何時から　　4．何時からだった

(100) 彼は、宇宙科学の研究をする（　　）、心理学にも深い関心をもっている。

1．末に　　　　2．ついでに　　　　3．いっぽうで　　　　4．ばかりに

(101) おまえになんか、やるもの（　　）。

1．だ　　　　2．を　　　　3．か　　　　4．よ

(102) その大学では、学科試験（　　）加えて、論文と面接試験もあるから大変だ。

1．で　　　　2．に　　　　3．を　　　　4．と

(103) 田中さんの結婚のお祝いなんですが、送りましょうか。それとも、（　　）。

　　1．電話をかけましょうか　　　　　　　2．もっていきましょうか

　　3．あげましょうか　　　　　　　　　　4．届いたでしょうか

(104) 交通機関はただ（　　）。何といっても、安全が第一である。

　　1．速ければいいものがある　　　　　　2．速いことよりいいことはない

　　3．速いだけのことはある　　　　　　　4．速ければいいというものではない

(105) A：先生は何時においでになるでしょうか。　B：こちらではちょっと（　　）。

　　1．わかりかねません　　　　　　　　　2．わからないわけではありません

　　3．わかりかねます　　　　　　　　　　4．わかりかけております

(106) 最近、電車の中で、人目も（　　）抱き合っている男女をよく見かける。

　　1．かまい　　　　　2．かまって　　　　3．かまわず　　　　4．かまわぬ

(107) 金子さんは、あれこれ迷った（　　）、結局みんなと同じものを注文した。

　　1．末に　　　　　　2．きり　　　　　　3．きっかけで　　　4．以上

(108) あと一歩で優勝できたと思うと、（　　）。

　　1．残念とはいえない　　　　　　　　　2．残念にほかならない

　　3．残念にはあたらない　　　　　　　　4．残念でならない

(109) A：旅行はいかがでしたか。　B：（　　）、かぜをひいて、行けなかったんです。

　　1．それで　　　　　2．それが　　　　　3．それに　　　　4．それは

(110) スピーチ大会を始める（　　）、審査の方法をご説明します。

　　1．にあたって　　　2．によっては　　　3．にたいして　　　4．ついでに

(111) 何も知らなかったにせよ、社長はこの事件に関して（　　）。

　　1．責任をとるべきだ　　　　　　　　　2．責任をとりっこない

　　3．責任がないはずだ　　　　　　　　　4．責任をとることはない

(112) そんなことを言われてまで、（　　）。放っておきなさい。

　　1．やらないこともない　　　　　　　　2．やることはない

　　3．やらないわけがない　　　　　　　　4．やるわけではない

(113) A：ダンさんは、まだ？　B：彼の（　　）、約束を忘れているのかもしれないよ。

1．ものだから　　　2．ところから　　　3．ことだから　　　4．ことから

(114) お急ぎの（　　）、電車が遅れまして、大変ご迷惑をおかけしました。

1．ところを　　　2．ところが　　　3．ところで　　　4．ところも

(115) 今朝のニュースによると、首相は国会を解散するつもりだと（　　）ことだ。

1．きく　　　2．よむ　　　3．いう　　　4．する

(116) 木村先生は、ご専門の文学は（　　）、心理学、社会学に関する著書も出していらっしゃるそうだ。

1．もちろん　　　2．もとから　　　3．ともかく　　　4．もっとも

(117) 実力のない人に（　　）、自慢をしたがるものだ。

1．限り　　　2．限らず　　　3．限って　　　4．限る

(118) 今日は、風が強くて、ほこり（　　）。

1．っぽい　　　2．がちだ　　　3．むきだ　　　4．ぎみだ

(119) 結婚？　まだまだですよ。収入が人並みに（　　）。

1．なるにことになっている　　　　　2．ならざるを得ない

3．ならないうちに　　　　　　　　　4．なってからでないと

(120) あなたが見た（　　）、話してください。

1．しだい　　　2．とおり　　　3．さいちゅう　　　4．うえに

(121) 高層ビル建設計画実施に関しては、委員会でよく（　　）、決定する。

1．検討上　　　2．検討する以上　　　3．検討した上で　　　4．検討する上で

(122) このことを両親に話そうか（　　）か、迷っているんです。

1．話して　　　2．話した　　　3．話すまい　　　4．話す

(123) A：彼の演奏には聴く者の心を（　　）ね。　B：ほんとうに。すばらしいですね。

1．とらえるかもしれません　　　　　2．とらえてしょうがありません

3．とらえられないことがあります　　4．とらえるものがあります

(124) 昨日の委員会の決定により、私たちのグループも来年の国際平和会議に参加できる（　　）。

1．ところではない　　2．ものがある　　　3．わけではない　　　4．ことになった

(125) ねぼうして遅刻した（　　）、事故にあわずにすんだ。

1．わけで　　　　　2．ものを　　　　　3．おかげで　　　　4．せいで

(126) 退職される田川先生に（　　）、中村先生がクラスを担当することになった。

1．あたって　　　　2．かわって　　　　3．よって　　　　4．めぐって

(127) こんなに雨が降っている（　　）に出かけなくてもいいじゃないか。少し待てよ。

1．あいだ　　　　　2．途中　　　　　3．最中　　　　4．うち

(128) こんな夜中に電話をかけてくるなんて、非常識という（　　）。

1．ことだ　　　　　2．ものだ　　　　　3．ようだ　　　　4．わけだ

(129) 彼女、表面（　　）いつもと変わらないけど、離婚_{りこん}するって話だよ。

1．のうえで　　　　2．のうえに　　　　3．うえは　　　　4．じょうは

(130) 日本へ（　　）以来、まだ一度も映画を見ていない。

1．来る　　　　　　2．来た　　　　　3．来て　　　　4．来

(131) どんなに練習した（　　）、あのチームに勝てるとは思わない。

1．ところが　　　　2．ところで　　　　3．からこそ　　　　4．からには

(132) 本日（　　）、5時に閉店させていただきます。

1．にかぎり　　　　2．ばかりに　　　　3．だけに　　　　4．により

(133) 他人から見れば何でもないことでも、本人（　　）我慢_{がまん}できないこともある。

1．にしろ　　　　　2．といえば　　　　3．としては　　　　4．にとっては

(134) どう？この味を君に味わってもらいたい（　　）この店へ連れてきたんだけど。

1．にあたり　　　　2．ばかりか　　　　3．からして　　　　4．からこそ

(135) 先生（　　）遅刻したのでは、学生を叱_{しか}ることはできない。

1．からして　　　　2．どころか　　　　3．にかぎらず　　　　4．のみならず

(136) アルバイトをする（　　）、将来役に立つようなことをしたいなあ。

1．としたら　　　　2．としては　　　　3．といったら　　　4．にとって

(137) 若者（　　）、人はみな目標をもって生きることが大切だ。

1．を問わず　　　　2．にかぎり　　　　3．にかぎらず　　　4．といっても

(138) 大切な人に頼まれている仕事があるから、この仕事を引き受ける（　　）。

1．にすぎない　　　2．ざるを得ない　　3．ものではない　　4．わけにはいかない

(139) 子供（　　）、かわいいデザインで操作が簡単なパソコンが売り出された。

1．どおり　　　　　2．にしたがって　　3．むけに　　　　　4．について

(140) そのお弁当は、まだ（　　）。そのままにしておいてください。

1．食べたきりです　2．食べたばかりです　3．食べかけです　4．食べたところです

(141) 超大国と呼ばれた国の崩壊も、歴史の1ページ（　　）。

1．しかない　　　　2．ほかない　　　　3．にすぎない　　　4．にしょうがない

(142) ゆうべお酒を飲みすぎて、頭を動かす（　　）、割れるように痛い。

1．こそ　　　　　　2．たびに　　　　　3．だけに　　　　　4．おきに

(143) 足をけがしたといっても、（　　）。

1．歩くこともできない　　　　　　2．歩かずにはいられない

3．歩くとはかぎらない　　　　　　4．歩けないほどではない

(144) ごみ問題は、県や市の問題だと考え（　　）だが、一人ひとりが取り組むべきである。

1．気味　　　　　　2．がち　　　　　　3．向き　　　　　　4．しだい

(145) 留守中に、妹が私の日記を（　　）ので、かぎのついた日記帳を買った。

1．見かねない　　　2．見かねる　　　　3．見つつある　　　4．見つつも

(146) 調査の結果によると、地球の平均気温は年々（　　）そうだ。

1．上がるにきまっている　　　　　2．上がろうとしている

3．上がりつつある　　　　　　　　4．上がるところだ

⑴⑷ この報告書は、昨年の全国調査の結果に（　　）書かれている。

　1．かけて　　　　　2．ともなって　　　3．おうじて　　　4．もとづいて

⑴⑻ 先日うかがった先生のお話を（　　）、作品を作りました。ぜひご覧ください。

　1．もとにして　　　2．めぐって　　　　3．けいきにして　　4．もとより

⑴⑼ A国は、発展途上国（　　）、農業技術の指導を行うことにした。

　1．に関して　　　　2．に対して　　　　3．をきっかけに　　4．をはじめ

⑴50 このホテルにはすばらしい絵画や彫刻が飾られていて、ホテル（　　）博物館だ。

　1．にしたら　　　　2．にしては　　　　3．といっても　　　4．というより

文法チェック150題　解答

(1) 2	(2) 3	(3) 3	(4) 2	(5) 4	(6) 1	(7) 3	(8) 4	(9) 3	(10) 2	(11) 1	(12) 3	(13) 1	(14) 2	(15) 1	(16) 2
(17) 4	(18) 2	(19) 3	(20) 1	(21) 4	(22) 3	(23) 4	(24) 2	(25) 3	(26) 3	(27) 4	(28) 3	(29) 2	(30) 3	(31) 3	(32) 1
(33) 2	(34) 3	(35) 1	(36) 4	(37) 3	(38) 1	(39) 1	(40) 2	(41) 1	(42) 3	(43) 3	(44) 3	(45) 2	(46) 3	(47) 4	(48) 3
(49) 4	(50) 3	(51) 4	(52) 1	(53) 3	(54) 2	(55) 2	(56) 2	(57) 3	(58) 1	(59) 3	(60) 1	(61) 2	(62) 4	(63) 3	(64) 4
(65) 2	(66) 4	(67) 1	(68) 2	(69) 2	(70) 2	(71) 2	(72) 1	(73) 2	(74) 3	(75) 2	(76) 4	(77) 3	(78) 2	(79) 3	(80) 1
(81) 2	(82) 2	(83) 4	(84) 2	(85) 1	(86) 3	(87) 4	(88) 4	(89) 1	(90) 3	(91) 2	(92) 3	(93) 3	(94) 4	(95) 2	(96) 1
(97) 1	(98) 4	(99) 4	(100) 3	(101) 3	(102) 2	(103) 2	(104) 4	(105) 3	(106) 3	(107) 1	(108) 4	(109) 2	(110) 1		
(111) 1	(112) 2	(113) 3	(114) 1	(115) 3	(116) 1	(117) 3	(118) 1	(119) 4	(120) 2	(121) 3	(122) 3	(123) 4	(124) 4		
(125) 3	(126) 2	(127) 3	(128) 2	(129) 4	(130) 3	(131) 2	(132) 1	(133) 4	(134) 4	(135) 1	(136) 1	(137) 3	(138) 4		
(139) 3	(140) 3	(141) 3	(142) 2	(143) 4	(144) 2	(145) 1	(146) 3	(147) 4	(148) 1	(149) 2	(150) 4				

文法チェック150題　成績　＿＿＿／150点

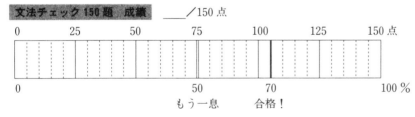

| 0 | 25 | 50 | 75 | 100 | 125 | 150 点 |

| 0 | | 50 | 70 | | 100 ％ |

もう一息　　合格！

ステップ1《もの》

問題　（　　）に入る適当な言葉を、下のa〜iの中から選びなさい。答えが二つ以上ある場合もあります。

(1)　できる（　　）、世界中を旅行したい。

(2)　優勝はできなかった（　　）、力いっぱい戦えてよかった。

(3)　乗り物は、速ければいい（　　）。

(4)　A：どうして学校へ行かないの？　　B：だって、今日テストがあるんだ（　　）。

(5)　友情は大切にする（　　）。

(6)　遅刻をしてはいけないとわかってはいる（　　）、どうしても朝寝坊をしてしまう。

(7)　妻の料理があまりにおいしい（　　）、食べ過ぎて太ってしまった。

(8)　電車やバスの中では大きな声で話す（　　）。

(9)　この店には、料理だけではなく、人の心を楽しくさせる（　　）。

(10)　弟がまた私のカメラを壊（こわ）した。もう二度と貸してやる（　　）。

(11)　この歌は、学生のころよく歌った（　　）。

(12)　母は厳（きび）しかった。ちょっとでもうそをつこう（　　）、夕食を食べさせてくれなかった。

(13)　時が経つのは早い（　　）。日本に来て、もう2年になる。

> a. ものだ　b. ものか　c. ものの　d. ものがある　e. もの（もん）　f. ものなら
> g. ものではない　h. ものだから　i. というものでもない

1．ものだ　　　　　　Ａものだ

　　　　　　　　　　①一般的な性質、真理

　　　　　　　　　　・赤ちゃんは泣く**もの**だ。心配しなくてもいい。

　　　　　　　　　　②過去の習慣を回想する

　　　　　　　　　　・子供のころ、この川でよく泳いだ**もの**だ。

　　　　　　　　　　③気持ちの強調

　　　　　　　　　　・合格おめでとう。よくがんばった**もの**だね。

2．ものではない　　Ａものではない　　Ａするべきではない。　　Ａ：動詞辞書形

　　　　　　　　　　・うそを言う**もの**ではない。

3．ものだから　　Ａものだから、Ｂ　　Ａだから、Ｂしてしまった。　　Ａ：原因、理由

　　　　　　　　　　・試験を受けたくなかった**もの**だから、病気だと言って休んでしまった。

4．もの／もん　　（だって）Ａもの／もん　　Ａ：原因、理由。くだけた会話で使う。

　　　　　　　　　　・Ａ：カラオケに行かないの？　Ｂ：だってまだ仕事があるんだ**もん**。

5．ものの　　Ａものの、Ｂ　　確かにＡだが、Ｂ。　　Ｂ：Ａから予想されることと異なること

　　　　　　　　　　・体に悪いとわかってはいる**もの**の、なかなかたばこが止められない。

6．ものなら　　　　　Ａものなら、Ｂ

　　　　　　　　　　①Ａ：動詞可能形、できる　　Ａが可能ならＢしたいが、不可能だろう。

　　　　　　　　　　・できる**もの**なら、遊んで暮らしたい。

　　　　　　　　　　②Ａ：動詞意向形　　もしＡしたら、大変なこと（Ｂ）になる。

　　　　　　　　　　・父は時間に厳しい。9時をすぎて帰ろう**もの**なら、大声で怒られる。

7．ものがある　　Ａ（に）はＢものがある　　ＡにはＢという特徴<ruby>徴<rt>とくちょう</rt></ruby>が見られる。　　Ｂ：動詞、形容詞

　　　　　　　　　　・この絵には、見る人の気持ちを明るくさせる**もの**がある。

8．ものか／もんか　　Ａものか　　Ａもんか　　絶対にＡしない。くだけた会話で使う。

　　　　　　　　　　・こんな店、二度と来る**もの**か。

9．というものでもない

　　　　　　　　　　Ａというものでもない　　常にＡだということはできない。

　　　　　　　　　　・がんばれば成功する**というもの**でもない。

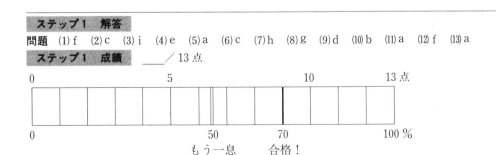

ステップ1　解答

問題　(1)f　(2)c　(3)i　(4)e　(5)a　(6)c　(7)h　(8)g　(9)d　(10)b　(11)a　(12)f　(13)a

ステップ1　成績　　＿＿／13点

0					5					10			13点

0　　　　　　　　　　50　　　　70　　　　100％

もう一息　　　合格！

ステップ2《こと》

問題　（　　）に入る適当な言葉を、下の a～j の中から選びなさい。答えが二つ以上ある場合もあります。

(1)　君、やせたいなら、毎晩ビールを飲むのをやめる（　　）ね。

(2)　日本人の観光客を案内した（　　）、日本に興味を持つようになった。

(3)　地図を書いていただいたおかげで、迷う（　　）こちらに来ることができました。

(4)　この学校の規則によって、3日遅刻をすると欠席1日と数える（　　）。

(5)　こんなに急に結婚する（　　）とは、本人たちも思っていなかったようだ。

(6)　天気のいい日には富士山が見える（　　）、この町は「富士見町」という。

(7)　悲しい（　　）、私をかわいがってくれた祖母がとうとう亡くなってしまった。

(8)　課長の話によると、明日の会議で予算が取れなければ、この計画は中止になる（　　）。

(9)　久しぶりに故郷に帰った娘の元気な顔を見て、父はどんなに喜んだ（　　）。

(10)　彼ももう立派な大人なのだから、そんなに心配する（　　）。

(11)　Ａ：すみません。最近忙しいものですから。　Ｂ：つまり、この仕事は引き受けられない（　　）ね。

(12)　うっかり者の弟の（　　）、どうせかさをどこかに置き忘れてくるだろう。

(13)　遊んでばかりいると、あとで後悔する（　　）よ。

---

　a．ことだ　b．ことか　c．ことから　d．ことだから　e．ことなく　f．ことに
　g．ことになる　h．ことになっている　i．ことはない　j．ということだ

1．ことだ　　　　**Aことだ**　　Aしなさい。忠告、アドバイス。　　A：動詞辞書形、ない形

　　　　　　　　　　・試験に合格したかったら、しっかり勉強を**する**ことだ**。

2．ことか　　　　**疑問詞＋Aことか**　　とてもAだ。　　A：形容詞、動詞

　　　　　　　　　　・優勝できて、どんなにうれしかった**ことか**。

　　　　　　　　　　・君に会える日をどんなに待っていた**ことか**。

3．ことから　　　**Aことから、B**　　Aという理由で、B。　　A：Bの根拠

　　　　　　　　　　・この町は、富士山が見える**ことから**、「富士見町」と呼ばれている。

4．ことだから　　**AのことだからB**　　A：人、機関　　B：Aの性格や習慣から予想されること

　　　　　　　　　　・約束を守る彼の**ことだから**、行くと言ったら必ず行くはずだ。

5．ことなく　　　**AことなくB**　　Aしないで、Bした。　　A：普通ならBするときに起こること

　　　　　　　　　　・父は、家族のために、休む**ことなく**働き続けた。

6．ことに（は）　**Aことに、B**　　Bで、たいへんAだ。　　A：感情を表す言葉

　　　　　　　　　　・驚いた**ことに**、首相が重病であることをだれも知らなかったそうだ。

7．ことになる　　**Aことになる**　　①Aに決まる。　　・来月、北海道へ転勤する**ことになった**。

　　　　　　　　　　　　　　　　　②当然Aだ。　　・こんなに雨が降らないと、今年の夏は水不足

　　　　　　　　　　で困る**ことになる**だろう。

　　　　　　　　　Aことになっている　　Aに決まっている。　　A：規則、習慣

　　　　　　　　　　・筆記試験に合格した人は、面接試験を受ける**ことになっている**。

8．ことはない　　**Aことはない**　　Aする必要はない。Aしなくてもいい。

　　　　　　　　　　・悪いのは彼だ。君が謝る**ことはない**。

9．ということだ　①**Aということだ**　　A：伝えること　＝Aそうだ。Aとのこと（だ）。

　　　　　　　　　　・今朝の新聞によると、7月に選挙が行われる**ということだ**。

　　　　　　　　　②**B。（つまり）Aということだ**　　つまりAだ。　　B＝A。

　　　　　　　　　　・一人暮らしをするということは、掃除も洗濯も料理も自分でする**ということ

　　　　　　　　　だ**よ。

ステップ3《ところ・わけ》

問題 （　　）に入る適当な言葉を、下のa〜kの中から選びなさい。答えが二つ以上ある場合もあります。

(1)　彼はまじめ（　　）、授業中寝てばかりいる、困った学生の一人だ。

(2)　お金持ちだからといって、幸せな（　　）。

(3)　日本語がわからなくて困っている（　　）、親切な女性が助けてくれた。

(4)　地震で家が倒れてしまって、勉強（　　）。

(5)　駅員に聞いた（　　）、電車の運転が再開されるのに30分ぐらいかかるそうだ。

(6)　風邪をひいて寝ている（　　）友達に遊びに来られて、困ってしまった。

(7)　本当だよ。親友の君にうそを言う（　　）よ。

(8)　サッカーでけがをして、歩く（　　）、立つこともできない。

(9)　この程度の品物なら、高いと言った（　　）、数万円だろう。

(10)　彼女、最近恋人ができたんだって。にこにこしている（　　）ね。

(11)　やせようと思って水泳を始めた（　　）、お腹がすいてたくさん食べて太ってしまった。

(12)　入場料は1人500円だから、10人で5000円いる（　　）。

(13)　愛する娘に「お父さん、お願い」と言われたら、いやと言う（　　）。

```
a. ところ  b. ところを  c. ところで  d. ところに  e. ところが  f. どころか  g. どころではない
h. わけだ  i. わけではない  j. わけにはいかない  k. わけがない
```

1．ところに／ところへ

> **Aところに／ところへ　B**　Aの状況に、Bが起こった。　A：～ている、～た

・車が故障して困っている**ところに**、タクシーが来て、助けてくれた。

2．ところを

> **AところをB**　Aの状況に、B。Aという状態なのに、B。

・犯人は、窓から逃げようとした**ところを**逮捕された。

3．ところで

> **AたところでB**　Aしても、Bだろう。

> A：動詞た形　B：Aからの予想と異なること

・彼に頼んだ**ところで**、手伝ってはくれないよ。

4．たところ

> **AたところB**　Aしたら、B。

・ごみの捨て方を区役所に問い合わせた**ところ**、英語で説明してくれた。

5．たところが

> **AたところがB**　Aしたら、B。　B：予想しなかったこと

・デパートへ買い物に行った**ところが**、財布を落として何も買えなかった。

6．どころか

> **AどころかB**　予想と全く異なり、Bだ。　A：名詞、形容詞、動詞辞書形

・財布を拾って届けたのに、感謝される**どころか**、泥棒と間違われてしまった。

7．どころではない

> **Aどころではない**　Aできる状況から遠い。　A：名詞、動詞辞書形

・忙しくて、旅行に行く**どころではない**。

8．わけだ

> **A。Bわけだ。**

①Aだから、B。　・窓が開いている。寒い**わけだ**。

②Bだから、A。　・連休に国へ帰るの。奥さんに会いたくなったという**わけね**。

9．わけではない

> **Aからといって、Bわけではない**　「常にAだから、B」とは言えない。

・まじめに働いたからといって、給料が上がる**わけではない**。

10．わけにはいかない

> **Aわけにはいかない**　Aすることは許されない。Aしたくてもできない。

・お世話になった先生の頼みを断る**わけにはいかない**。

11．わけがない

> **Aわけがない**　Aする理由がない。Aするはずがない。

・どんなに離れて暮らしていても、家族を忘れる**わけがない**。

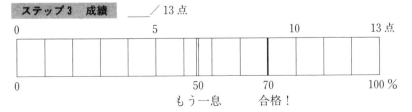

ステップ4《だけ・から》

問題 （　）に入る適当な言葉を、下のa〜lの中から選びなさい。答えが二つ以上ある場合もあります。

(1)　彼は若い（　　）、無理をして働きすぎたようだ。

(2)　やる（　　）、あきらめずに、最後までがんばりなさい。

(3)　風邪（かぜ）だ（　　）油断してはいけない。風邪がもとで、死ぬこともある。

(4)　どうぞ、お好きな（　　）召し上がってください。

(5)　前の課を復習して（　　）、次の課に進むことはできません。

(6)　この国の物価（ぶっか）の高いのには驚（おどろ）いた。バス料金（　　）私の国の10倍だ。

(7)　高い（　　）。このパソコンの性能はとてもすばらしい。

(8)　優勝おめでとう。毎日練習した（　　）優勝できたんだよ。

(9)　両親が画家（　　　）、この子の絵は色も構図もすばらしい。

(10)　教師の立場（　　）、家庭のしつけにも問題があると思う。

(11)　あの表情（　　）、彼女は怒っているようだ。

(12)　大人には当然のことでも、子供（　　）、なぜかわからないことがある。

(13)　彼女は歌（　　）でなく、踊（おど）りもうまい。

---

a. だけ　b. だけに　c. だけあって　d. だけのことはある　e. からこそ　f. からには　g. からして
h. からといって　i. からすると　j. から言うと　k. から見ると　l. からでないと

1．だけ　　　　　　　　**Ａだけ**

①限定　　・私を理解してくれるのは、君だけだ。

②程度・量　　・できるだけたくさん言葉を覚えてください。

2．だけに　　　　　**ＡだけにＢ**　　ＡだからＢだ。　　Ｂ：Ａから予想されること（プラス／マイナスの評価）　・彼は責任者だけに、事故の責任を問われている。

3．だけあって　　　　**ＡだけあってＢ**　　ＡだからＢだ。　　Ｂ：Ａから予想されること（プラスの評価）

・彼は、イギリスに留学しただけあって、英語がうまい。

4．だけのことはある　　**Ａだけのことはある**　　Ａの効果が表われている。

・がんばって勉強しただけのことはあるね。合格だよ。

5．からこそ　　　　　**ＡからこそＢ**　　ＡだからＢする。Ａを強調。　　Ａ：Ｂの理由

・君に立派な技師になってほしいからこそ、厳しいことを言うんだ。

6．からには　　　　　**ＡからにはＢ**　　Ａの状況になったからＢする。　　Ｂ：意志、当然、命令の表現

・試合に出るからには、勝ちたい。

7．からして　　　　　**ＡからしてＢ**

ＡがＢだから、ほかはもちろんＢだ。　　Ａ：第1の例　Ｂ：マイナスの評価

・彼の話し方からして、好きじゃない。

8．からといって／からとて

　　　　　　　　　Ａからといって／からとて　Ｂない　　「ＡだからＢ」とは言えない。

・謝ったからといって、許してもらえるわけではない。

9．から見ると／　　　**Ａから見ると／言うと／すると　Ｂ**

　　から言うと／　　①Ａの立場から見ると／判断すると／考えるとＢだ。

　　からすると　　　・患者の立場から言うと、病院はゆっくり休める場所であってほしい。

・外国人から見ると、日本の習慣には理解しにくいものもある。

②Ａから考えるとＢだ。Ａをもとに考えるとＢだ。

・あの言い方からすると、彼女はこの仕事が好きではないようだ。

10．てからでないと　　**ＡてからでないとＢない**　　Ａした後でなければＢできない。

・課長に聞いてからでないと、お返事できません。

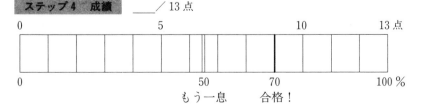

ステップ4　解答

問題　(1)b　(2)f　(3)h　(4)a　(5)l　(6)g　(7)d　(8)e　(9)b／c　(10)i／j／k　(11)g／i／k　(12)i／k　(13)a

ステップ4　成績　　＿＿／13点

0					5					10			13点

0　　　　　　　　　　50　　　　70　　　　100％

もう一息　　合格！

ステップ5《かぎり・ばかり》

問題 （　　）に入る適当な言葉を、下のa～jの中から選びなさい。答えが二つ以上ある場合もあります。

(1) お子様1名（　　）、無料になります。

(2) うちの子（　　）、他人のものを盗むなんてことをするはずはありません。

(3) できる（　　）やってみます。

(4) 最近は、女性（　　）、男性も化粧をする。

(5) 先生の話を聞いていなかった（　　）、作業の順番がわからなくて困った。

(6) 私が見た（　　）、この計画に特に問題点はない。

(7) 地震で家（　　）、家族も失ってしまった。

(8) 自分で体験してみ（　　）、この仕事の難しさはわからない。

(9) ビデオの貸し出しは、1人1回1本（　　）です。

(10) デートの約束があるとき（　　）、残業をさせられる。

(11) 祖父は、天気のいい日（　　）、雨の日も風の日も散歩を欠かさない。

(12) テレビゲームに夢中になるのは、子供（　　）。

(13) 優勝した（　　）、オリンピックの代表選手にも選ばれて、こんなにうれしいことはない。

---

a. 限り　b. 限りでは　c. ない限り　d. に限り　e. に限って　f. に限らず　g. とは限らない
h. ばかりでなく　i. ばかりか　j. ばかりに

1．限り／に限り　　　**A限り**　　Aだけ

　　　　　　　　　　　・くじ引きは、1人1回**限り**です。

　　　　　　　　　　　Aに限りB　　Aだけ、B。　　A：名詞

　　　　　　　　　　　・本日**に限り**、全品2割り引き。

2．限り（は）　　　　**A限りB**　　A：動詞て形＋いる・辞書形、名詞＋の

　　　　　　　　　　　①Aの状態の間、B。　　・生きている**限り(は)**、あなたを愛します。

　　　　　　　　　　　②Aを全部出してB。　　・力の**限り**、がんばります。

3．限りでは　　　　　**A限りではB**　　Aの範囲内で、B。

　　　　　　　　　　　・私が知っている**限りでは**、この店のスパゲッティーが一番おいしい。

4．ない限り　　　　　**Aない限りB**　　Aしなければ、Bしない。Aしたら、Bする。

　　　　　　　　　　　・練習し**ない限り**、上手にはならない。

5．に限って　　　　　**Aに限ってB**　　A：名詞

　　　　　　　　　　　①いつもはBではないのに、Aの場合はBだ。　　B：マイナスの評価

　　　　　　　　　　　・急いでいるとき**に限って**、タクシーが来ない。

　　　　　　　　　　　②ほかの人はどうかわからないが、Aは決してBしないと思う。　　B：マイナスの評価

　　　　　　　　　　　・あの先生**に限って**、そんなことを言うはずがない。

6．に限らず／とは限らない

　　　　　　　　　　　Aに限らずB　　**BはAとは限らない**　　Aだけではなく、ほかもB。

　　　　　　　　　　　・日本**に限らず**、世界中でごみの問題が大きくなっている。

　　　　　　　　　　　・成功を夢見るのは、男**とは限らない**。

7．ばかりでなく　　　**Aばかりでなく、B**　　Aだけではなく、Bも。

　　　　　　　　　　　・日本語**ばかりでなく**、数学も勉強しなさい。

8．ばかりか　　　　　**AばかりかB**　　Aだけでなく、Bも。　　B：Aより程度が上のこと

　　　　　　　　　　　・彼は日本語**ばかりか**、英語もフランス語も話せる。

9．ばかりに　　　　　**AばかりにB**　　Aが原因で、Bした。　　B：（マイナスの評価）の結果

　　　　　　　　　　　・雨の中をかさをささずに歩いた**ばかりに**、風邪をひいてしまった。

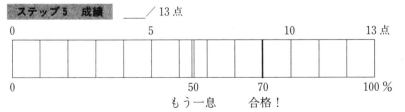

ステップ5　解答

問題 (1)a／d／e　(2)e　(3)a　(4)f／h／i　(5)j　(6)a／b　(7)h／i　(8)c　(9)a　⑽e
⑾f／h／i　⑿g　⒀h／i

ステップ5　成績　＿＿／13点

0				5				10		13点

0　　　　　　　　　　　　50　　　　70　　　　100％
　　　　　　　　　　もう一息　　合格！

ステップ**6**《ない》

問題 （　　　）に入る適当な言葉を下のa〜lの中から選びなさい。答えが二つ以上ある場合もあります。

(1)　さかなは好きではないが、食べろと言われれば食べ（　　　）。

(2)　課長に残業しろと言われたら、残業せ（　　　）。サラリーマンはつらいものだ。

(3)　ああ、のどがかわいた。冷たいビールが飲みたくて（　　　）。

(4)　よく調べてみ（　　　）、事故の原因が何かを言うことはできない。

(5)　試験の結果が気になって（　　　）。

(6)　あんなに頭を下げて頼まれたら、断り（　　　）。

(7)　この小説は、作者の人生観の表れに（　　　）。

(8)　犯人は非常階段から逃げたに（　　　）。

(9)　そんなにお礼を言わないでください。当然のことをしたに（　　　）のですから。

(10)　あまりにおかしくて、笑わ（　　　）。

(11)　だれもやってくれないのなら、自分でやる（　　　）。

(12)　君が進学をやめてしまうのは、残念で（　　　）。

(13)　ごみを減らすにはどうしたらいいか、みんなで考えよう（　　　）。

> a．ないことには　b．ないことはない　c．ないではいられない　d．よりほかはない　e．ざるを得ない
>
> f．たまらない　g．ならない　h．ようがない　i．ではないか　j．ほかならない　k．すぎない
>
> l．ちがいない

中級のポイント

1. ないことには　　　　　AないことにはBない　　Aしなければ、Bできない。

・実物を見ないことには、いいかどうか返事できない。

2. ないことはない／　　　Aないことは／もない　　Aする可能性はある。Aしてもいい。
　　ないこともない

・ぜひにと言われたら、手伝わないこともない。

3. ないではいられない／　　Aないではいられない・Aずにはいられない　　Aする気持ちをがまんする
　　ずにはいられない　　ことができない。　　・とても悲しくて、泣かずにはいられない。

4. （より）ほか（は）ない／　　A（より）ほか（は）ない　　Aざるを得ない　　Aしかない
　　ざるを得ない／しかない　　Aする以外に方法はない。Aしなければならない。

・お金がないので、パソコンを買うのはあきらめざるを得ない。

5. てたまらない　　　　Aてたまらない　　Aしたくてがまんできない。とてもAだ。

・国へ帰りたくてたまらない。　　・さびしくてたまらない。

6. てならない／　　　　Aてならない／しようがない　　Aという気持ちを止められない。とてもAだ。
　　てしようがない

・残念でならない。　　・うれしくてしようがない。

7. ようがない　　　　Aようがない　　Aする方法がない。Aできない。　　A：動詞ます形

・あんなに怒っていては、話しかけようがない。

8. うではないか　　　　Aうではないか　　Aしよう。Aすることを呼びかける。A：動詞意向形

・みんなで地球を守ろうではないか。

9. にほかならない　　　　Aにほかならない　　A以外のものではない。ほんとうにAだ。　　A：名詞

・この実験の成功は君たちの努力の成果にほかならない。

10. にすぎない　　　　（ただ／ほんの／単なる）Aにすぎない　　Aだけだ。それ以上ではない。

・彼はただ口で言っているにすぎない。

11. に違いない／　　　　Aに違いない／相違ない
　　に相違ない

①きっとAだ。　　・これは兄がやったに違いない。

②確かにAだ。　　・これは私の財布に相違ありません。

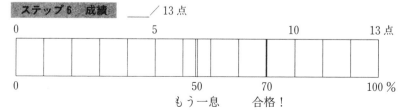

ステップ6　解答

問題　(1)b　(2)e　(3)f　(4)a　(5)g　(6)h　(7)j　(8)l　(9)k　(10)c　(11)d　(12)f／g　(13)i

ステップ6　成績　＿＿＿／13点

0					5					10			13 点

0　　　　　　　　　　50　　　　70　　　　100 ％
　　　　　　もう一息　　　合格！

ステップ7《うえ・結果》

問題 （　　）に入る適当な言葉を、下のa～lの中から選びなさい。答えが二つ以上ある場合もあります。

(1) この建物には、法律（　　）の問題がある。

(2) 面接をした（　　）、採用、不採用を決める。

(3) ゆうべ酒を飲みすぎた（　　）、今朝は頭が痛くてしかたがない。

(4) 二人はさんざん争った（　　）、離婚してしまった。

(5) 妻を亡くした悲しさの（　　）、彼は自殺をしてしまった。

(6) やると決めた（　　）、最後までがんばります。

(7) 先生のご指導の（　　）、大学院の試験に合格しました。ありがとうございました。

(8) 今回の選挙は、激しい戦いの（　　）、山田氏が当選した。

(9) 学生である（　　）、しっかり勉強をするべきだ。

(10) 彼女は、「知らない」と言った（　　）、何も言わなかった。

(11) 就職したのを（　　）、たばこをやめた。

(12) 彼女は頭がいい（　　）、やさしい人なので、とても人気がある。

(13) （　　）の忙しさに、体調を壊してしまった。

---

a. うえ　b. うえは　c. うえで　d. 上　e. 以上　f. おかげで　g. せいで　h. あまり　i. あげく
j. 末に　k. きっかけに・契機に　l. きり

1. うえ（に）　　　　Aうえ(に) B　　A、さらにB。　　A／B：同質のこと

　　　　　　　　　　・校長先生の話は、言葉が難しいうえに、長いので、学生は寝てしまう。

2. うえは／以上　　　Aうえは／以上　B　　Aしたのだから、絶対にB。　　B：話者の考え

　　　　　　　　　　・行くと約束したうえは、行かなければならない。

3. うえで　　　　　　AうえでB　　A：動詞た形、名詞＋の　①AしてからBする。　＝うえの＋名詞

　　　　　　　　　　・両親と相談のうえで、お返事します。　・3日考えたうえの結論です。

　　　　　　　　　　②Aする場合に、B。　　B：必要なこと、重要なこと　＝上

　　　　　　　　　　・外国語を勉強するうえで、辞書は欠かせない。

4. 上（じょう）　　　A上　　Aする場合に、Aの面で。　＝Aのうえで　　A：名詞

　　　　　　　　　　・祖父は、健康上よくないと言われることは一切しない。

5. おかげで／せいで　AおかげでB　　B：結果（プラスの評価（ひょうか））

　　　　　　　　　　・彼が手伝ってくれたおかげで、仕事が早く終わった。

　　　　　　　　　　AせいでB　　B：結果（マイナスの評価）

　　　　　　　　　　・頭が痛かったせいで、試験がよくできなかった。

6. あまり　　　　　　AあまりB　　AのあまりB　　あまりのAにB

　　　　　　　　　　AしすぎてB。どうしてもAだから、B。　　B：結果（マイナスの評価）

　　　　　　　　　　・母は息子を心配するあまり、病気になってしまった。

　　　　　　　　　　・あまりの暑さに、頭がぼおっとして勉強どころではない。

7. あげく　　　　　　AあげくB　　長い時間Aして、B。　　B：結果（マイナスの評価）

　　　　　　　　　　A：動詞た形、名詞＋の　・日本の大学へ行くかどうかさんざん迷った

　　　　　　　　　　あげく、帰国することにした。

8. 末（すえ）に　　　A末にB　　長い時間Aして、最後にB。　　A：動詞た形、名詞＋の

　　　　　　　　　　・激しい議論の末（はげ）に、両者は合意に達した。

9. をきっかけに／　　Aをきっかけに／契機に　B　　Aが始まりでB。Aの機会にB。
　　を契機（けいき）に
　　　　　　　　　　・伯父（おじ）にカメラをもらったのをきっかけに、写真に夢中になった。

10. きり　　　　　　AきりBない　　Aしたあと、Bしない。A：動詞た形　B：Aの後に予想

　　　　　　　　　　される動き　・兄は出かけたきり、3日も帰ってこなかった。

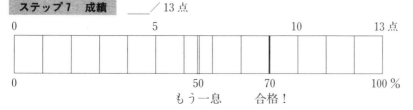

ステップ1　解答

問題　(1)d　(2)c　(3)g　(4)i／j　(5)h　(6)b／e　(7)f　(8)j　(9)b／e　(10)l　(11)k　(12)a　(13)h

ステップ1　成績　＿＿／13点

| 0 | | | | | | 5 | | | | | | 10 | | | 13点 |

| 0 | | 50 | 70 | 100% |

もう一息　　　合格！

ステップ**8**《時の関係》

問題 （　　）に入る適当な言葉を、下のa～lの中から選びなさい。答えが二つ以上ある場合もあります。

(1)　電車を降りる（　　　）、足元にご注意ください。

(2)　今週から来週（　　　）、期末テストが行われる。

(3)　雨が降り出さない（　　　）家に帰ろう。

(4)　先月熱を出して（　　　）、体調がよくない。

(5)　ドアを開けた（　　　）、上から物が落ちてきた。

(6)　祖母は、旅行に行く（　　　）、お土産を買ってきてくれる。

(7)　食事が終わるか終わらない（　　　）、子供はテレビゲームをやり出した。

(8)　何事（　　　）、母はうるさく言う。

(9)　走ること（　　　）は、彼の右に出る者はいない。

(10)　留学をする（　　　）、A教授に大変お世話になった。

(11)　やっと晴れた（　　　）、また雨が降り出した。

(12)　山頂は、激しい雪が1週間（　　　）降り続いた。

(13)　面接試験（　　　）、筆記試験の結果を発表する。

---

a．うちに　b．かのうちに　c．かと思うと　d．とたん　e．際に　f．にあたって　g．たびに
h．につけ　i．以来　j．にわたって　k．にかけて　l．にさきだって

1．うちに　　　　　　　　**AうちにB**

　　　　　　　　　　　　①Aの状態が続いている間にBする。　　・若い**うちに**勉強しなさい。

　　　　　　　　　　　　②A：動詞て形＋いる　　B：変化　　・勉強している**うちに**眠くなった。

2．か〜ないかのうちに　　**AかAないかのうちにB**　　Aするのと同時にBする。

　　　　　　　　　　　　A：動詞辞書形　　Aない：ない形

　　　　　　　　　　　　・ベルが鳴る**か**鳴ら**ないかのうちに**学生は教室から飛び出していった。

3．（か）と思うと／　　　**A（か）と思うと／思ったら　B**　　AしたらすぐにBする。

　　思ったら　　　　　　A：動詞た形　　B：Aからみて、話者が意外だと思うこと。×話者自身の行動

　　　　　　　　　　　　・息子は学校から帰った**かと思うと**、遊びに出ていった。

4．たとたん　　　　　　　**AたとたんB**　　Aしたのとほとんど同時にBする。　　B：予期しないこと

　　　　　　　　　　　　・ドアを開け**たとたん**、冷たい風が吹き込んできた。

5．際に／に際して　　　　**A（の）際にB**　　**Aに際してB**　　AのときにB。

　　　　　　　　　　　　あらたまった言い方。　　A：名詞、動詞

　　　　　　　　　　　　・お帰りの**際に**、受付にお寄りください。　　・開会**に際して**、一言述べます。

6．にあたり／　　　　　　**Aにあたり／あたって　B**　　Aの機会にB。

　　にあたって　　　　　A：名詞、動詞辞書形。特別な機会　　B：Aに関連すること

　　　　　　　　　　　　・結婚する**にあたって**、家を建てた。

7．たびに　　　　　　　　**AたびにB**　　Aするとき、いつもB　　・彼女は会う**たびに**きれいになる。

8．につけ　　　　　　　　**AにつけB**　　Aに関連してB。

　　　　　　　　　　　　A：何事、何か、見る、聞く、など　　B：感情、思い

　　　　　　　　　　　　・この曲を聞く**につけ**、イギリスで過ごした学生時代を思い出す。

9．て以来　　　　　　　　**Aて以来B**　　AしてからずっとB。　　・入学し**て以来**、一日も休んでいない。

10．にわたって　　　　　　**Aにわたって**　　Aの間。　　A：期間、場所、回数

　　　　　　　　　　　　・調査は、10年**にわたって**行われた。　　・駅前から5キロ**にわたって**渋滞している。

11．にかけて　　　　　　　**AからBにかけて**　　AからBの範囲で　　・夕べから今朝**にかけて**地震が数回あった。

　　　　　　　　　　　　AにかけてはB　　Aでは、B。　　B：得意、自信がある、一番上手だ

　　　　　　　　　　　　・計算**にかけては**自信がある。

12．に先立って　　　　　　**Aに先立ってB**　　Aする前にBする。　　・開会**に先立って**、司会を決めた。

ステップ8　解答

問題　(1) e　　(2) k　　(3) a　　(4) i　　(5) d　　(6) g　　(7) b　　(8) h　　(9) k　　(10) e ／ f　　(11) c　　(12) j　　(13) l

ステップ8　成績　＿＿＿／13点

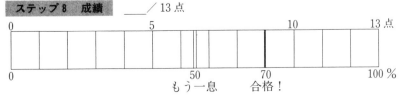

ステップ **9** 《関係 1 》

問題　（　　）に入る適当な言葉を、下のa～lの中から選びなさい。答えが二つ以上ある場合もあります。

(1)　説明書（　　）やれば、できるはずだ。

(2)　わが家の教育方針（　　）、子供を育ててきた。

(3)　この辺は10年前（　　）、ずっとにぎやかになった。

(4)　医者になってほしいという親の期待（　　）、彼は芸術家の道を選んだ。

(5)　時代の変化（　　）、子供の遊びも変わってきた。

(6)　日本人の食生活（　　）調べたことを発表します。

(7)　政府は、国民（　　）、資源の節約を呼びかけている。

(8)　ごみ処理場の建設（　　）、県と住民が争っている。

(9)　健康のために、自分の体力（　　）、運動を続けることが大切だ。

(10)　目上の人（　　）は、敬語を使いなさい。

(11)　学生はそれぞれの目的（　　）、3人の先生から進路指導を受けることができる。

(12)　地震（　　）、火災が起こることがある。

(13)　車が増加する（　　）、交通事故はますます増えていくだろう。

---

a．について　b．に関して　c．に対して　d．をめぐって　e．につれて　f．にともなって
g．にしたがって　h．とともに　i．に沿って　j．に応じて　k．に反して　l．に比べて

1. について／
   に関して
   Aについて／に関して　B　AをBする。　A：名詞、Bのテーマ、対象
   ・大学で日本の歴史**について**勉強するつもりだ。

2. に対して
   Aに対してB　AにBする。　A：名詞、Bする相手、対象
   ・学生の質問**に対して**、先生は丁寧に答えた。

3. をめぐって
   AをめぐってB　AについてB。　B：討論する、議論する、争うなど
   ・原子力発電所の建設**をめぐって**、激しい議論が行われている。

4. につれて
   AにつれてB　Aが変わると、Bも変わる。　A：動詞辞書形、名詞
   A／B：変化するもの　・高度が上がる**につれて**、空気が薄くなる。

5. にしたがって
   AにしたがってB
   ①Aに合うようにB。　A：名詞（命令・指示）
   ・先生の指示**にしたがって**行動してください。
   ②Aが変わると、Bも変わる。　A：名詞、動詞辞書形
   ・景気の回復**にしたがって**、海外旅行をする人が増加した。

6. にともなって
   ／とともに
   Aにともなって／とともに　B　A：名詞、動詞辞書形
   ①Aと同時にB。　・20歳になる**とともに／にともなって**、選挙権が得られる。
   ②Aが変わると、Bも変わる。　A／B：変化するもの
   ・人口の増加**にともなって**、さまざまな問題が起きている。
   ・年齢**とともに**、人の考え方も変わっていく。

7. に沿って
   Aに沿ってB　Aに合わせてBする。　A：名詞、基準となるもの
   ・川**に沿って**、細い道が続いている。　・安全基準**に沿って**、設計をするべきだ。

8. に応じて
   Aに応じてB　Aに合うようにBする。　A：名詞、変化するもの
   ・予算**に応じて**、パーティーの料理を準備することができます。

9. に反して
   Aに反してB　Aと反対にB。　A：名詞
   ・予想**に反して**、山田氏が当選した。

10. に比べて
    Aに比べてB　Aと比較するとB。　A：名詞
    ・昔**に比べて**、我々の生活は大変便利になった。

ステップ9　解答

問題　(1) g／i　(2) g／i　(3) l　(4) k　(5) e／f／g／h　(6) a／b　(7) c　(8) d　(9) j　(10) c　(11) j
(12) f／h　(13) e／f／g／h

ステップ9　成績　＿＿＿／13点

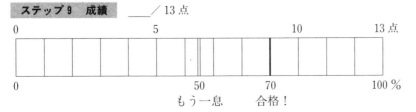

89

ステップ10《関係2》

問題 （　）に入る適当な言葉を、下のa～kの中から選びなさい。答えが二つ以上ある場合もあります。

(1) 筆記試験の成績のいい悪い（　　）、全員に面接試験を行う。

(2) 彼はアメリカの伯父（おじ）（　　）、アメリカ式の会社経営を学んだ。

(3) 電話はベル氏（　　）、発明された。

(4) 都市（　　）、田舎でも環境問題（かんきょう）が大きくなっている。

(5) 出発は明日朝7時。ただし、場合（　　）、予定を変更することもある。

(6) この小説は、自分が失恋した経験（　　）、彼女が創作（そうさく）したものである。

(7) 雨が降るの（　　）、子供たちは楽しそうにサッカーをしている。

(8) 経験（　　）給料が違う。

(9) 病気の田中先生（　　）、今日は山田先生が授業をした。

(10) 食品は安全基準（　　）、製造、販売されなければならない。

(11) テレビの報道（　　）、警察の不正が明らかになった。

(12) インターネットは国（　　）、広く世界中で利用されている。

(13) 彼は、新聞配達（　　）、コンビニのアルバイトも始めたから、遊ぶひまがない。

---

a. によって　b. によっては　c. に基（もと）づいて　d. をもとに　e. のもとで　f. に加えて
g. にかわって　h. にかかわらず　i. を問わず　j. もかまわず　k. のみならず

---

1. によって／
により

　Aによって／により　B　　（AによるB　　B：名詞）

　①AでBする。　　A：方法、手段

　・試験の成績**によって**、クラスを決める。

　②AがBする。　　A：受身動詞の動作主　B：受身形

　・この建物は、日本を代表する建築家**によって**設計された。

　③Aが違うと、Bも違う。

　・国**によって**習慣が違う。

2. によっては

　AによってはB　　Aが違えば、Bになる場合もある。

　・いつもバスで通勤しているが、日**によっては**歩くこともある。

3. に基づいて

　Aに基づいてB　　Aを基礎にしてBする。（Aに基づいたB　　B：名詞）

　・選挙は、法律**に基づいて**行われなければならない。

4. をもとに(して)

　Aをもとに(して)B　　Aを材料にしてB。

　（Aをもとにした B　　B：名詞）

　・この曲は、沖縄（おきなわ）の民謡（みんよう）**をもとに**作曲されたものである。

5. のもとで

　AのもとでB　　Aの下でB。　　・M教授の指導**のもとで**、5年研究をした。

6. に加えて

　Aに加えてB　　Aだけでなく、さらにBも。

　・風**に加えて**、雨も降り出した。

7. にかわって

　AにかわってB　　AがすることをBがする。

　・父**にかわって**、兄が挨拶（あいさつ）した。

8. にかかわらず

　AにかかわらずB　　Aに関係なくB。

　A：名詞、動詞・形容詞＋否定形　対立すること

　・晴雨**にかかわらず**、祭りを行う。

　・雨が降る降らない**にかかわらず**、試合は行われる。

9. を問わず

　Aを問わずB　　Aに関係なく／を問題としないでB。

　A：名詞、対立すること　・年齢**を問わず**、やる気のある人を採用したい。

10. もかまわず

　AもかまわずB　　Aを気にしないでB。　　・人目**もかまわず**、男は泣いた。

11. のみならず

　AのみならずB　　AだけでなくBも。　　・男**のみならず**、女も戦った。

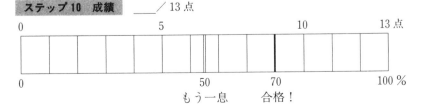

ステップ10　解答

問題　(1)h／i　(2)e　(3)a　(4)k　(5)a／b　(6)c／d　(7)j　(8)a　(9)g　(10)c　(11)a　(12)i　(13)f

ステップ10　成績　＿＿／13点

0					5					10			13点

0　　　　　　　　　　　　50　　　　70　　　　　100％

もう一息　　　合格！

ステップ11《関係3》

問題 （　　）に入る適当な言葉を、下のa〜mの中から選びなさい。答えが二つ以上ある場合もあります。

(1)　レポートは、でき（　　）、そちらにお送りします。

(2)　この企画は、彼（　　）成功するとは思えない。

(3)　彼はスポーツなら何でもする（　　）、音楽や絵には全く興味<ruby>興味<rt>きょうみ</rt></ruby>がない。

(4)　長年の努力が実って、ついに成功したという（　　）。

(5)　説明書（　　）に<ruby>操作<rt>そうさ</rt></ruby>したのに、パソコンがうまく動かない。

(6)　私の貯金は、減る（　　）。

(7)　勉強しなかった（　　）、試験の結果はよかった。

(8)　あなたが見た（　　）のことを、言ってください。

(9)　わが国は、Ａ国へ車を輸出する（　　）、Ｂ国から部品を輸入している。

(10)　会議の時間は、秘書（　　）社長に知らせてください。

(11)　君の言い方（　　）、彼女は泣くかもしれない。

(12)　悪いけど、学校へ行く（　　）、この手紙をポストに入れて。

(13)　私は、すしや天ぷら（　　）、日本料理がとても好きだ。

---

a．わりに　b．一方　c．一方だ　d．反面　e．次第　f．次第では　g．次第だ　h．とおり
i．どおり　j．を通して　k．をぬきにして　l．をはじめ　m．ついでに

1．わりに（は）　**Aわりに（は）B**　Aから予想される程度と違ってB。

　　　　　　　　・この肉は高い**わりに**、おいしくない。

2．一方／一方だ　**A一方、B**　Aするほかに、Bする。

　　　　　　　　・彼は、日本語を勉強する**一方**で、英語を教えている。

　　　　　　　　A一方だ　どんどんAする。　・ここ数年、物価は上がる**一方だ**。

3．反面／半面　**A反面／半面B**　Aするほかに、Bする。　A／B：対立すること

　　　　　　　　・経済が発展する**反面**、自然が失われていく。

4．次第　　　　**A次第B**　Aしたら、すぐにBする。　・成田に着き**次第**、連絡します。

5．次第だ　　　①**BはA次第だ**　**A次第でB**　Aの状況でBが決まる。　A：名詞、動詞ます形

　　　　　　　　・旅行に行くかどうかは、君**次第だ**。　・英語の試験の結果**次第**で合否が決まる。

　　　　　　　②**A次第ではB**　Aの状況が違えば、Bになる場合もある。

　　　　　　　　・試験の結果**次第では**、進学できない場合もある。

　　　　　　　③**A次第だ**　Aという結果になった。事情を説明する。

　　　　　　　　・父が病気なので、代わりに私がこちらにうかがった**次第です**。

6．ついでに　　**AついでにB**　AするときにBもする。　A：本来の動作　B：追加の動作

　　　　　　　　・郵便局へ行った**ついでに**、新しくできた店を見てきた。

7．を通して／　**Aを通してB**　**Aを通じてB**

　　を通じて　　①Aの期間ずっとB。　・ここは、１年**を通して／通じて**暖かい。

　　　　　　　　②AによってBする。　AからBする。

　　　　　　　　・試験の結果は、事務所**を通して／通じて**知らせる。

8．通り　　　　**A通りB**　Aと同じようにBする。　A：動詞辞書形、た形

　　　　　　　　・私の言う**通り**、言ってください。

　　　　　　　　A通りにB　Aと同じようにBする。　A：名詞

　　　　　　　　・予定**通り**、仕事が終わった。

9．をぬきにして　**AをぬきにしてB**　Aが欠けている状況でB。　A：本来あるもの

　　　　　　　　・社長**をぬきにして**会議を始めることになった。

10．をはじめ　　**AをはじめB**　A：B（C，D……）の代表例　・中国**をはじめ**、韓国、タイな

　　　　　　　　どアジアの国々が集まった。

ステップ11　解答

問題　(1)e　(2)k　(3)b／d　(4)g　(5)i　(6)c　(7)a　(8)h　(9)b　(10)j　(11)f　(12)m　(13)l

ステップ11　成績　＿＿／13点

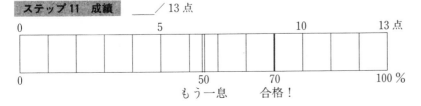

ステップ 12 《様子・状態 1》

問題　（　　）に入る適当な言葉を、下のa〜kの中から選びなさい。答えが二つ以上ある場合もあります。

(1)　今日は疲れ（　　）だから、早く帰ろうと思う。

(2)　古いアルバムを出したら、ほこり（　　）になっていた。

(3)　この建物は崩れる（　　）ので、近づかないでください。

(4)　私は彼女を愛しているが、私は失業中なので、結婚しようとは言い出し（　　）。

(5)　人形の髪の毛が伸びるなんて、あり（　　）ことだ。

(6)　彼女は、意味あり（　　）な顔をして、僕を見た。

(7)　考え（　　）最良の方法は、これです。

(8)　彼はあき（　　）から、この仕事は続かないだろう。

(9)　油断していると、事故を起こし（　　）から、注意しなさい。

(10)　田中さんの話し方は、ちょっと女（　　）。

(11)　最近、電車が遅れ（　　）だから、少し早く家を出たほうがいいよ。

(12)　公園で、高校生が楽し（　　）におしゃべりしていた。

(13)　何の罪もない幼児を殺すとは、許し（　　）。

> a. がち　b. ぎみ　c. げ　d. っぽい　e. だらけ　f. がたい　g. かねる
> h. かねない　i. おそれがある　j. うる　k. えない

1. **がち**　　　　　**Aがち**　よくAする。Aすることが多い。　A：名詞、動詞ます形、マイナス評価のこと

　　　　　・冬は風邪をひき**がち**だから、気をつけてください。

2. **気味**（ぎみ）　　**A気味**　少しAの状態だ。程度は軽い。　A：名詞、動詞ます形、マイナスの評価

　　　　　・今日は、風邪**気味**で、調子がよくない。

3. **げ**　　　　　　**Aげ**　Aそう（様子）。　A：感情を表す形容詞

　　　　　・彼女の寂し（さび）**げ**な横顔が忘れられない。

4. **っぽい**　　　　**Aっぽい**　Aの要素が強い。Aの性質がある。　A：名詞、動詞ます形

　　　　　・彼女はいつも黒**っぽい**服を着ている。

　　　　　・最近、忘れ**っぽく**なった。

5. **だらけ**　　　　**Aだらけ**　Aがいっぱいでいやだ。　A：名詞（ほこり、泥（どろ）、血、油、など）

　　　　　・彼の部屋はごみ**だらけ**だ。一度、掃除したほうがいい。

6. **がたい**　　　　**Aがたい**　Aするのが難しい。　A：動詞ます形（信じる、言う、理解する、など）

　　　　　・あんなに遊んでばかりいた田中君が大学に合格するとは、信じ**がたい**ことだ。

7. **かねる**　　　　**Aかねる**　Aする気持ちになれない。Aに耐えられない。　A：動詞ます形

　　　　　・子犬が雨にぬれているのを見**かねて**、家に連れて帰った。

8. **かねない**　　　**Aかねない**　Aする可能性がある。　A：動詞ます形、マイナスの評価

　　　　　・そんなに働いたら、病気になり**かねない**から、少し休んだほうがいいよ。

9. **恐れがある**（おそ）　**A恐れがある**　Aの可能性がある。　A：普通形、名詞＋の、マイナスの評価

　　　　　・台風10号は、関東地方に上陸する**恐れがある**。

10. **得る／得ない**（う/え）（え）　**A得る／得ない**

　　　　　①Aできる／できない。

　　　　　・これは、起こることが予想し**得る**事故だった。

　　　　　②Aする可能性がある／ない。

　　　　　・あんなにまじめな父が会社のお金をとるなんて、あり**得ない**。

ステップ12　解答

問題　(1) b　(2) e　(3) i　(4) g　(5) k　(6) c　(7) j　(8) d　(9) h　(10) d　(11) a　(12) c　(13) f

ステップ12　成績　＿＿／13点

0					5					10			13点

0　　　　　　　　　　　50　　　　70　　　　100％

もう一息　　　合格！

95

ステップ **13** 《様子・状態 2》

問題 （　）に入る適当な言葉を、下のa～jの中から選びなさい。答えが二つ以上ある場合もあります。

(1) 最近、暖かい日が続いていて、春が来た（　　）。

(2) 年を取る（　　）、骨が弱くなる。

(3) この鉄なべは昔（　　）の方法で、職人が作ったものです。

(4) 田中教授は、先日の国際学会（　　）、新しい理論を発表なさった方です。

(5) ダイヤモンド（　　）硬い石はない。

(6) 区役所には、外国人（　　）に、英語や中国語のパンフレットが置いてある。

(7) 愛（　　）この指輪を贈ります。どうか受け取ってください。

(8) この問題は、考えれば考える（　　）わからなくなる。

(9) やり（　　）の仕事があるので、まだ帰れない。

(10) 日本の景気は回復し（　　）。

(11) この部屋は、狭い（　　）、きれいで日当たりがよくて、気持ちがいい。

(12) この本は、子供（　　）に作られた本だが、漢字にふりがなが付いているので、日本語を勉強している外国人（　　）だ。

(13) 勉強しなければいけないと思い（　　）、友達に誘われて、遊びに行ってしまった。

---

　　a．ほど　b．ながら　c．つつ　d．つつある　e．かけ　f．向き　g．向け
　　h．かのようだ　i．をこめて　j．において

1．ほど／ほどの　　　**AほどB**　　Bの状態はAと同じ程度だ。　　・泣きたい**ほど**うれしい。

　　／ほどだ　　　**AほどのB**　　B：名詞　　　**BはAほどだ**　＝くらい

　　　　　　　　　　・悲しくて、泣きたい**ほどだ**。

2．ほど　　　　　　**AほどB**　　Aの程度が高ければ、Bの程度も高い。

　　　　　　　　　　・山の上へ行く**ほど**、気温が低くなる。

　　　　　　　　　　AばAほどB　　Aの程度が進むと、Bの程度も進む。

　　　　　　　　　　・この本は読めば読む**ほど**、おもしろくなる。

3．ほど～ない　　　**AはBほどCない**　　AはBよりCではない。　　・兄は、弟**ほど**背が高く**ない**。

　　　　　　　　　　Aほど／くらい　Bはない　　Aが一番Bだ。　　・富士山**ほど**きれいな山は**ない**。

4．ながら　　　　　**AながらB**　　Aの状態でBする。　　A：名詞、動詞ます形、形容詞

　　　　　　　　　　・男は涙**ながら**に話した。

　　　　　　　　　　Aながら（も）B　　Aのに、B。　　・悪いと知り**ながら**、盗みをしてしまった。

5．つつ　　　　　　**AつつB**　　Aと同時にBする。　　A：動詞ます形　・花を眺め**つつ**、酒を飲んだ。

　　　　　　　　　　Aつつ（も）B　　Aのに、B。　　・彼の話はうそだと知り**つつ**、金を貸した。

6．つつある　　　　**Aつつある**　　Aしている状態だ。　　A：動詞ます形

　　　　　　　　　　・M市の人口は増え**つつある**。

7．かけ　　　　　　**Aかけ**　　Aしている途中。　　A：動詞ます形

　　　　　　　　　　・食べ**かけ**のりんごが机の上にある。

8．向き　　　　　　**A向き**　　性質がAにちょうど合っている。　　A：名詞

　　　　　　　　　　・このかばんは大きいから、仕事**向き**だ。

9．向け　　　　　　**A向け**　　Aを対象にして。　　A：名詞、対象　・この車は、アメリカ**向け**に作られた。

10．かのようだ　　　**｛さも／いかにも｝Aかのようだ**　　Aのように見える。実際はAではない。

　　　　　　　　　　・彼は、さも何でも知っている**かのような**顔をしている。

11．をこめて　　　　**Aをこめて**　　Aの気持ちをたくさん入れて。　　A：名詞　・心**をこめて**歌を歌った。

12．において　　　　**AにおいてB**　　Aの状況でB。Aの点でB。　　A：名詞

　　　　　　　　　　・講堂**において**、式を行う。

　　　　　　　　　　AにおけるB　　B：名詞　・議会**における**首相の発言が問題になっている。

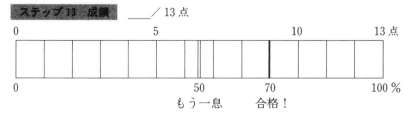

文法
ステップ14 《立場・条件》

問題　（　　）に入る適当な言葉を、下のa〜lの中から選びなさい。答えが二つ以上ある場合もあります。

(1)　A：この店は、味（　　　）、店内が明るくていいね。　　B：味もそう悪くないよ。

(2)　A：ワイン（　　　）、チーズですね。　　B：僕は、「生がき」だな。

(3)　A：結婚する（　　　）、どんな人がいい？　　B：やさしい人だね。

(4)　石田氏は首相（　　　）2度目の先進国首脳会議を迎える。

(5)　明日はテストだ。テスト（　　　）歌のテストだけどね。

(6)　敬語は、日本人（　　　）も使い方が難しいものの一つだ。

(7)　こんなに人が多くては、美術館（　　　）市場だね。

(8)　彼はバイクを買って喜んでいるが、親（　　　）心配で仕方がないだろう。

(9)　山川君は、会社に入ったばかり（　　　）しっかりした応対ができる。

(10)　子供（　　　）、大人もテレビゲームに夢中だ。

(11)　たとえ会社をやめないで会社に残った（　　　）、給料が下がるので生活は苦しくなる。

(12)　駅前にできたスーパー、今開店セール中で、安い（　　　）ないのよ。

(13)　子供がかいた絵（　　　）、よくかけているね。

> a．としたら　b．として　c．にとって　d．にしたら　e．にしては　f．にしろ　g．といえば
> h．といっても　i．といったら　j．というより　k．はともかく　l．はもちろん

1. **としたら／**
   とすれば

   Aとしたら／とすれば　B　　Aと仮定したらB。　　A：普通形
   ・もしあなたが先生だとしたら、どんな授業をしますか。

2. **として(は)／(も)**

   AとしてB　　Aの立場でB。　　・この会社で技師として働いている。

   AとしてはB　　Aの立場から考えるとB。　　・親としては、この結婚は許せない。

   AとしてもB

   ①Aの立場で考えてもB。　　・親としても、娘の結婚はうれしい。

   ②Aの場合もB。　　・飲み会に行けるとしても、8時ごろになるだろう。

3. **にとって**　　AにとってB　　Aの立場から見るとB。　　A：名詞、人・機関

   ・若者にとって、携帯電話は必需品だ。

4. **にしたら**　　AにしたらB　　Aの立場から見るとB。　　A：人・機関　　B：推測

   ・大人がいい話だと思っても、子供にしたら退屈だということもある。

5. **にしては**　　AにしてはB　　Aの立場、状況に合わない。　　・日本人にしては鼻が高い人だ。

6. **にしろ**　　AにしろB

   ①Aの場合もB。　　・何をするにしろ、資金が必要だ。

   ②AだとしてもB。　　A：過去形　　B：非難

   ・忙しかったにしろ、連絡すればよかった。

7. **というと／**
   といえば／
   といったら

   Aというと／といえば／といったら　B　　B：Aから連想すること

   ・桜といえば、昔私の家の近くに大きい桜の木があった。

   Aといったらない　　とてもAだ。

   ・この店の料理は、まずいといったらない。

8. **といっても**　　AといってもB　　B：Aから連想するほど程度は高くないこと

   ・家を買ったといっても、小さな家なんですが。

9. **というより(も)**　　Aというより(も)B　　BというほうがAというより合っている。

   ・彼らの歌は、歌というより、叫びだ。

10. **はともかく**　　AはともかくB　　Aは別にして、B。　　・行き先はともかく、日を決めよう。

11. **はもちろん**　　AはもちろんB　　Aは当然、Bも。　　・平日はもちろん、土日も忙しい。

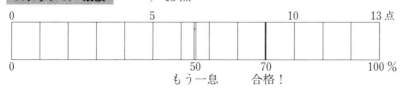

ステップ14　解答

問題　(1)k　(2)g／i　(3)a　(4)b　(5)h　(6)c　(7)j　(8)a／d　(9)e　(10)l　(11)f　(12)i　(13)e

ステップ14　成績　　／13点

0					5					10			13点
0					50			70				100 %

もう一息　　合格！

ステップ **15** 《強調》《その他１》

問題 （　　）に入る適当な言葉を、下の a～j の中から選びなさい。答えが二つ以上ある場合もあります。

(1) 彼は、頭もよければ、性格（　　）いい。

(2) こんなことになる（　　）と思いもしなかった。

(3) あと、この書類をコピー（　　）すれば、帰れる。

(4) 仕事に失敗して、生きる希望（　　）失ってしまうことがある。

(5) やさしいリンさんがそんな冷たいこと、言い（　　）。

(6) 君が努力したから（　　）、この賞をもらうことができたのだ。

(7) あの優秀な中村さんが、試験に落ちる（　　）信じられない。

(8) お金（　　）あれば、心配ない。

(9) （　　）お金がなくても、心豊かに暮らしたい。

(10) 何事も自分で経験して（　　）、その良さや難しさがわかるものだ。

(11) キムさんの結婚式は、５月 21 日でした（　　）。

(12) うそをついて（　　）、自分をよく見せたいとは思わない。

(13) そんなことをしたら、先生に叱られる（　　）じゃないか。

---

a. など　b. こそ　c. でさえ　d. さえ　e. たとえ　f. にきまっている　g. っこない　h. っけ
i. も　j. まで

---

1. など／なんて　　Aなど／なんて／なんか　B　　AはB。　Aを強調
／なんか　　　　＊なんて・なんか：口語的　・勉強なんか、大嫌いだ。（×大好きだ）
・漢字なんか覚えればいいだけだよ。

2. こそ　　　　　　Aこそ　　Aを強調　・これこそ、私が求めていた味だ。

3. さえ　　　　　　A（助詞）さえB　　AでもBだから、ほかはもちろんB。
・そんなこと、子供（で）さえ知っている。
・彼は、結婚することを、親にさえ言わなかった。

4. さえ～ば　　　　AさえBば、C　　AだけBしたら、C。ほかは必要ない。
名詞＋さえ＋動詞ば形／形容詞ば形、動詞ます形＋さえすれば
形容詞＋く／でさえあれば、
・この薬さえ飲めば、すぐよくなるよ。

5. たとえ～ても　　たとえAてもB　　もしAしてもB。Aに関係なくB。
・たとえ親が許してくれなくても、イギリスに留学するつもりだ。

6. にきまっている　　Aにきまっている　　絶対Aだ。　A：話者の推測　＝にちがいない
・そんなことを言うのは、ヤンさんにきまっている。

7. っこない　　　　Aっこない　　Aするはずがない。　A：動詞ます形　＊強い言い方　口語的
・こんなたくさんの仕事、私一人ではできっこない。

8. っけ　　　　　　Aっけ　　Aでしたか。確認。
A：動詞た形・い形容詞過去形、名詞・な形容詞＋だ（った）　口語的
・会議は、何時からだったっけ。

9. も～ば、～も　　AもBば、CもB'　　AもBだし、CもB'。　B、B'：同種のこと
・彼は日本語もできれば、中国語もできる。

10. てまで　　　　　AてまでB　　Bするために、Aする。　A：普通ではない行動
・カンニングしてまで、いい点を取りたいとは思わない。

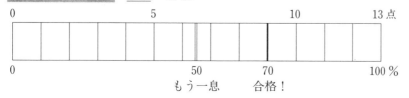

ステップ15　解答
問題　(1) i　(2) a　(3) d　(4) c／d／j　(5) g　(6) b　(7) a　(8) d　(9) e　(10) b　(11) h　(12) j　(13) f
ステップ15　成績　　＿＿／13点

| 0 | | | | | 5 | | | | | 10 | | | 13点 |

0　　　　　　　　　　　　　　50　　　70　　　　　100％
もう一息　　　合格！

文法

ステップ 16 《その他 2》

問題　（　）に入る適当な言葉を、下の a〜k の中から選びなさい。答えが二つ以上ある場合もあります。

(1) うそをつく（　）ではない。

(2) スピーチ大会まで、1 か月。練習は大変だが、最後までやり（　）つもりだ。

(3) 田中さんの忘れ物を家に届けに行ったら、（　）ごちそうになってしまった。

(4) A：映画どうだった？　B：（　）、満員で見られなかったのよ。

(5) レポートを今月中に出してください。（　）、課題について相談したい人は今週中に私のところに来てください。

(6) コーヒー、（　）、紅茶にしますか。

(7) 彼が結婚しているとは知らなかった。もう二度と会う（　）。

(8) これだけのビールを一息で飲み（　）のは無理だ。

(9) 店員募集中。（　）、18 歳以上に限る。

(10) お年寄りは大切にする（　）だ。

(11) 電話している（　）に、話しかけないでください。

(12) 妹は、私のケーキを食べた（　）、知らん顔をしている。

(13) もう今日は、お客さんは来る（　）。店を閉めよう。

---

a. べき　b. まい　c. ぬく　d. きる　e. さいちゅう　f. ただし　g. なお　h. それとも
i. それが　j. かえって　k. くせに

中級のポイント

1. **べきだ**　　　**Aべきだ**　Aするのが当然。Aしなければならない。

 A：動詞辞書形

 ・学生は勉強する**べきだ**。

2. **まい**　　　**Aまい**　A：動詞辞書形、一段動詞のます形

 ①否定の意向。　・二度とこの店に来る**まい**。
 ②否定の推量(すいりょう)。　・もう雨は降る**まい**。

3. **ぬく**　　　**Aぬく**　Aの行為を終わりまでやる。　A：動詞ます形

 ・選手たちは、約42キロのマラソンコースを走り**ぬいた**。

4. **きる**　　　**Aきる**　全部Aする。　A：動詞ます形

 ・国からもってきたお金をつかい**きって**しまった。

5. **最中**　　　**A最中**　Aしているところ。　A：動詞辞書形、名詞＋の

 ・人が勉強している**最中**に、大きな音でCDを聞かないでくれ。

 ・仕事の**最中**に昨日見た映画の話をしていて、課長に怒られてしまった。

6. **ただし**　　　**A。ただし、B**　B：Aを制限する条件(じょうけん)

 ・旅行の費用は1人8万円。**ただし**、12歳未満の子供は半額になる。

7. **なお**　　　**A。なお、B**　B：Aに付け加える条件

 ・会議は10時から12時までです。**なお**、会議のあと、昼食会をする予定です。

8. **それとも**　　　**A、それともB**　相手に、A、Bのどちらかを聞く。

 ・今朝はごはんにしますか。**それとも**、パンにしますか。

9. **それが**　　　**「A。」「それがB。」**　B：Aに関すること。相手の予想とちがう結果。

 ・「旅行はどうでしたか。」「**それが**、熱が出て、行けなかったんです。」

10. **かえって**　　　**A、かえってB**　B：Aからする予想と反対の結果

 ・風邪(かぜ)の薬を飲んだら、**かえって**体の調子が悪くなった。

11. **くせに**　　　**AくせにB**　AのにB。　B：Aと合わないこと。非難。口語的

 ・子供の**くせに**、ビールなんか飲んではいけない。

ステップ16　解答

問題　(1)a　(2)c　(3)j　(4)i　(5)g　(6)h　(7)b　(8)d　(9)f　(10)a　(11)e　(12)k　(13)b

ステップ16　成績　＿＿＿／13点

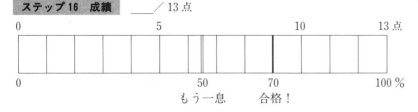

103

総合問題 1

問題　次の文の（　　）に入れるのに最も適当なものを、1・2・3・4から一つ選びなさい。

(1)　困った（　　）、パスポートをなくしてしまった。

　　1．ことか　　　　　　2．ことに　　　　　　3．ことから　　　　4．ことだ

(2)　天候が回復しない（　　）、出発はしない。

　　1．くらい　　　　　　2．ばかり　　　　　　3．だけ　　　　　　4．かぎり

(3)　あいつは、何をやらせても、あき（　　）困る。

　　1．ぎみで　　　　　　2．っぽくて　　　　　3．がちで　　　　　4．がたくて

(4)　兄は、勉強がよくできる（　　）、みんなに「博士」と呼ばれている。

　　1．からして　　　　　2．ことには　　　　　3．ことから　　　　4．ことだから

(5)　医者の不注意で患者が死んだ。これは事故（　　）、むしろ犯罪である。

　　1．というより　　　　2．のみならず　　　　3．といったら　　　4．だからといって

(6)　お忙しい（　　）お見舞いに来てくださって、ありがとうございました。

　　1．ことに　　　　　　2．ことか　　　　　　3．ところを　　　　4．ところが

(7)　私の（　　）どおりに作品ができた。こんなうれしいことはない。

　　1．考える　　　　　　2．考えた　　　　　　3．考えの　　　　　4．考え

(8)　今泣いた（　　）、もう笑っている。子供の機嫌は変わりやすいものだ。

　　1．とたん　　　　　　2．かと思うと　　　　3．うちに　　　　　4．どころか

(9)　今の経営状態（　　）、事業を拡大するのはどう考えても無理だ。

　　1．からいって　　　　2．からといって　　　3．からでないと　　4．からこそ

(10)　そんな説明の仕方では、ベテランの職人（　　）わからないだろう。

　　1．にかぎって　　　　2．でさえ　　　　　　3．にたいして　　　4．ばかりに

(11) このビルは、建築基準に（　　）建てられたにもかかわらず、壁が落ちる事故が起きた。

　　1．はんして　　　　2．ともなって　　　　3．おうじて　　　　4．そって

(12) 市民の協力を（　　）、この計画の成功は考えられない。

　　1．ぬきにして　　　2．こめて　　　　　3．めぐって　　　　4．とおして

(13) どんなに頼んでみたところで、断られる（　　）。

　　1．とは限らない　　2．わけがない　　　3．にきまっている　4．はずがない

(14) 突然携帯電話のベルがなった（　　）みんながびっくりした目で私を見た。

　　1．ものだから　　　2．ものの　　　　　3．ことだから　　　4．ところが

(15) まわりの人の言うこともわからない（　　）が、今は放っておいてほしい。

　　1．というものだ　　2．ものがある　　　3．わけではない　　4．わけにはいかない

(16) ドアが開くか（　　）かのうちに、待っていた客が店内にどっとかけこんだ。

　　1．開いた　　　　　2．開かない　　　　3．開くまい　　　　4．開こう

(17) 一度本人に会って（　　）、採用するかどうかは決められない。

　　1．からでないと　　2．以来　　　　　　3．次第　　　　　　4．ところが

(18) 明日は休みだ。今夜は大いに（　　）ではないか。

　　1．飲んだ　　　　　2．飲もう　　　　　3．飲む　　　　　　4．飲まない

(19) こんなに厳しく言うのは、君に優勝してもらいたい（　　）なんだ。

　　1．ことから　　　　2．ものだから　　　3．からして　　　　4．からこそ

(20) ゆうべから今朝に（　　）、数回はいたし、熱もあるので、学校を休んだ。。

　　1．わたって　　　　2．あたって　　　　3．かけて　　　　　4．ともなって

(21) 開会式は大会議場に（　　）行われることになっている。

　　1．おうじて　　　　2．もとづいて　　　3．おいて　　　　　4．さいして

(22) これは、練習さえ（　　）だれにでもできます。

　　1．すると　　　　　2．しても　　　　　3．すれば　　　　　4．しようと

(23) 日本語が上手だとはいうものの、（　　　）。

　1．通訳をしているわけだ　　　　　　　2．通訳をするほどだ

　3．通訳に相違ない　　　　　　　　　　4．通訳ができるほどではない

(24) 不景気にもかかわらず、海外旅行をする人は、減るどころか、（　　　）。

　1．増える一方だ　　　　　　　　　　　2．増えるはずがない

　3．減りつつある　　　　　　　　　　　4．たいした変化はない

(25) この事件にはおそらく政治家が深く（　　　）。

　1．関係しているにちがいない　　　　　2．関係していたものだ

　3．関係していかねる　　　　　　　　　4．関係するほかない

(26) 二人は激しく言い争った（　　　）、なぐり合いを始めた。

　1．うえは　　　　　2．きり　　　　　　3．あげく　　　　　4．あまり

(27) 子供は母親の姿を見た（　　　）、走り出した。

　1．きり　　　　　　2．やいなや　　　　3．とたん　　　　　4．ばかり

(28) いつもほがらかな彼女（　　　）、今日は元気がない。どうしたのだろう。

　1．にしては　　　　2．にとっては　　　3．として　　　　　4．とすれば

(29) ここは有名な観光地で、山の中（　　　）、都会的な店が並んでいる。

　1．ながら　　　　　2．からして　　　　3．に限らず　　　　4．ばかりか

(30) この計画を実行するかどうかは、君の決心（　　　）だ。

　1．なんか　　　　　2．しだい　　　　　3．くらい　　　　　4．だけ

(31) ほら、この間みんながいいって言ってた映画、なんていう映画だった（　　　）。

　1．っぽい　　　　　2．っこない　　　　3．って　　　　　　4．っけ

(32) この島は一年（　　　）、温暖な気候である。

　1．にかけて　　　　2．にわたって　　　3．をとおして　　　4．をとわず

(33) この会社では、営業成績（　　　）、ボーナスが支払われる。

　1．にくわえて　　　2．にくらべて　　　3．におうじて　　　4．につれて

(34) さびしくて、さびしくて、酒を（　　）。

　　1．飲まないではいられない　　　　　　2．飲んでしようがない

　　3．飲むにほかならない　　　　　　　　4．飲んでたまらない

(35) Ａ：大学で何を（　　）。　　Ｂ：宇宙物理学です。

　　1．ご研究されておりますか　　　　　　2．ご研究してまいられましたか

　　3．研究なさっていらっしゃいますか　　4．研究しておりますか

文法
総合問題2

問題　次の文の（　　）に入れるのに最も適当なものを、1・2・3・4から一つ選びなさい。

(1)　この電車、少し遅れ（　　）じゃない？　遅刻したらどうしよう。

　　1．がち　　　　　2．ぎみ　　　　　3．っぽい　　　　　4．かねない

(2)　えっ、うそだろう。あの山田さんがたばこをやめるなんて、（　　）よ。

　　1．ありがたい　　　2．ありかねる　　　3．ありえない　　　4．あることない

(3)　食べたいのを我慢_{がまん}してまで、（　　）。

　　1．やせたいからだ　　2．やせるべきだ　　3．やせようがない　　4．やせたいとは思わない

(4)　となりはいったい何をしているのだろう。夜中なのに、（　　）。

　　1．うるさくてたまらない　　　　　　　2．うるさいにすぎない

　　3．うるさくないこともない　　　　　　4．うるさくせずにはいられない

(5)　練習は、すればいい（　　）。効果の上がるやり方を検討_{けんとう}するべきだ。

　　1．にちがいない　　2．するほどいい　　3．というしかない　　4．というものではない

(6)　この曲を聞く（　　）、彼を思い出す。

　　1．ついでに　　　　2．ながら　　　　　3．たびに　　　　　4．いっぽう

(7)　子犬がどろ（　　）になって鳴いていた。

　　1．だらけ　　　　　2．っぽく　　　　　3．げ　　　　　　　4．がち

(8) 地震のあとで、津波が起こる（　　）から、注意してください。

　　1．ものがある　　　　2．おそれがある　　　3．ばかりでない　　　4．だけのことはある

(9) 息子は、親の言うこと（　　）、遊んでばかりいる。

　　1．をぬきにして　　　2．をとわず　　　　3．もかまわず　　　4．にかかわらず

(10) 行くと約束したからには、（　　）。

　　1．行かないものでもない　　　　　　　2．行かないわけにはいかない

　　3．行くどころではない　　　　　　　　4．行かないわけがない

(11) 新入社員（　　）そんな態度でいいはずがない。

　　1．のせいで　　　　　2．にしろ　　　　　3．といっても　　　4．のくせに

(12) 電車が動かないのなら、歩いて帰る（　　）。

　　1．わけがない　　　　2．しかない　　　　3．ことない　　　4．ものではない

(13) 山川さんが一人で残業しているのを見るに見（　　）、手伝っていたら、帰りの電車がなくなってしまった。

　　1．かねて　　　　　　2．がたくて　　　　3．かねなくて　　　4．えなくて

(14) ゆり子さんは、ときどき夢を見ている（　　）表情をする。

　　1．としたら　　　　　2．かのような　　　3．かと思うと　　　4．ばかりの

(15) A：日曜日なのに、会社に行くの？　　B：休めるものなら、（　　）よ。

　　1．休みたい　　　　　2．休めない　　　　3．休めっこない　　4．休まない

(16) 彼は読書好きで、本さえ（　　）にこにこしている。

　　1．あろうと　　　　　2．あれば　　　　　3．あるまいと　　　4．あっても

(17) 今回の事件で、彼が疑われているようだが、私の知る限りでは（　　）。

　　1．彼は疑われない　　　　　　　　　　2．彼は何の関係もない

　　3．彼を疑っていない　　　　　　　　　4．彼は知らないわけだ

(18) かさを持っていないとき（　　）、雨が降る。

　　1．だけに　　　　　　2．にかぎって　　　3．によって　　　4．ほど

(19) レポートを出さなかった（　　）、成績が悪くなってしまった。

　　1．ばかりに　　　　　2．すえに　　　　　3．からして　　　　4．あまり

(20) 彼女は日本語を教える（　　）、夜は大学に通っている。

　　1．際に　　　　　　　2．反面　　　　　　3．一方　　　　　　4．次第

(21) 頭もいいし、性格もいいし、彼こそ我々の代表（　　）ふさわしい。

　　1．として　　　　　　2．にしては　　　　3．にとって　　　　4．にしろ

(22) 時には人生（　　）ゆっくり考えることが必要だ。

　　1．にはんして　　　　2．にしたがって　　3．にたいして　　　4．について

(23) 先生（　　）友達のような話し方をする学生が増えてきている。

　　1．にかんして　　　　2．にともなって　　3．のもとで　　　　4．にたいして

(24) 失業者が増えても驚く（　　）。銀行まで倒産している状況なのだから。

　　1．わけがない　　　　2．ことはない　　　3．べきである　　　4．はずがない

(25) 息子を亡くした（　　）、自分も入院することになるとは思わなかった。

　　1．ばかりに　　　　　2．だけに　　　　　3．うえに　　　　　4．ことに

(26) 彼女は水泳の選手（　　）、スタイルがいい。

　　1．ばかりでなく　　　2．からといって　　3．だけあって　　　4．のみならず

(27) 難しい、難しいと（　　）、彼はいつも100点を取る。

　　1．言いつつ　　　　　2．言うにつけ　　　3．言うにつれて　　4．言ったところで

(28) 今夜のあなたほど美しい人は（　　）。

　　1．いる　　　　　　　2．いよう　　　　　3．いた　　　　　　4．いまい

(29) 食事の（　　）仕事の話なんかしないでください。

　　1．うちに　　　　　　2．さいちゅうに　　3．なかで　　　　　4．とちゅうで

(30) こんな美しい詩が書けたのは、キムさんが心から自然を愛しているから（　　）。

　　1．にほかならない　　2．かのようだ　　　3．にすぎない　　　4．のおそれがある

(31) 今の生活に満足しているといっても、（　　　）。

1．満足せざるを得ない　　　　　　　　2．満足しているにすぎない

3．不満がないわけではない　　　　　　4．不満ということだ

(32) 雨の少ない島の西部にくらべて、（　　　）。

1．東部は天気がいい　　　　　　　　　2．東部は雨が降らない

3．水不足が解消した　　　　　　　　　4．東部は雨が多い

(33) 難しいことは難しいが、努力次第では（　　　）。

1．実現できるだろうか　　　　　　　　2．実現できそうもない

3．実現させたいものだ　　　　　　　　4．実現できないこともない

(34) アメリカの大学に留学するとしても、まず英語ができないことには、（　　　）。

1．勉強どころではない　　　　　　　　2．勉強しまい

3．勉強するべきではない　　　　　　　4．勉強しかねない

(35) 本日はお忙しい中、お越し（　　　）、ありがとうございます。

1．になりまして　　　2．されまして　　　3．いただきまして　　4．いたしまして

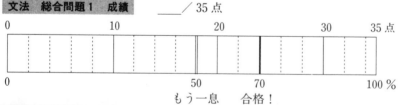

文法　総合問題1　解答
問題［1点×35問］(1) 2　(2) 4　(3) 2　(4) 3　(5) 1　(6) 3　(7) 4　(8) 2　(9) 1　(10) 2　(11) 4　(12) 1
(13) 3　(14) 1　(15) 3　(16) 2　(17) 1　(18) 2　(19) 4　(20) 3　(21) 3　(22) 3　(23) 4　(24) 1　(25) 1　(26) 3　(27) 3
(28) 1　(29) 1　(30) 2　(31) 4　(32) 3　(33) 3　(34) 1　(35) 3

文法　総合問題1　成績　　　＿＿／35点

| 0 | | 10 | | 20 | | 30 | 35 点 |

0　　　　　　　　　　　　　　　50　　　　70　　　　　100％
もう一息　　　合格！

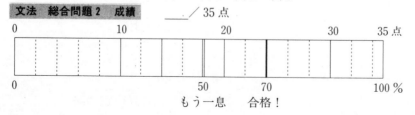

文法　総合問題2　解答
問題［1点×35問］(1) 2　(2) 3　(3) 4　(4) 1　(5) 4　(6) 3　(7) 1　(8) 2　(9) 3　(10) 2　(11) 4　(12) 2
(13) 1　(14) 2　(15) 1　(16) 2　(17) 2　(18) 2　(19) 1　(20) 3　(21) 1　(22) 4　(23) 4　(24) 2　(25) 3　(26) 3　(27) 1
(28) 4　(29) 2　(30) 1　(31) 3　(32) 4　(33) 4　(34) 1　(35) 3

文法　総合問題2　成績　　　＿＿／35点

| 0 | | 10 | | 20 | | 30 | 35 点 |

0　　　　　　　　　　　　　　　50　　　　70　　　　　100％
もう一息　　　合格！

読解

ステップ1《短文編》

解いてみよう

例題　次の文章を読んで、後の問いに答えなさい。答えは、１・２・３・４から最も適当なものを
　　　一つ選びなさい。

「氷の上はどうして滑るのですか」

「氷は一見硬そうに見えますが、変形しやすい性質があります。スキーやスケートが動くとそれに
　　　　　（注1）　　　　　　　　　　　（注2）
つられてそれらと接した氷の表面が変形するのです。厚さ十分の一ミリから百分の一ミリメートルぐ
らいの薄い層が変形するのですが、このために滑るのです。また、温度が高いとさらに滑りやすくな
　　　　（注3）
ります」

「（　　　　　　　　　）」

「氷がとけて水になるのが零度Ｃですから、マイナス十度Ｃ、マイナス二十度Ｃは、氷にとって融点
　　　　　　　　　　　　　（れいど）　　　　　　　　　　　　　　　　　　　　　　　　　（ゆうてん）
　　　（注4）
に近いということで、今にもとけてしまいそうな状態といえます」

　　　　　　　　　　　　　　　（参考：東嶋和子『科学・知ってるつもり77』講談社）

（注1）一見：ちょっと見ると　　（注2）変形：形が変わること

（注3）層：同じ性質のものが重なっているところ　　（注4）融点：ものがとける温度

問1　（　　　　　　　　）に入る文はどれか。

　1．氷は、とけてどうなるのですか　　　2．どうして氷は温度が高いのですか

　3．氷は温度が低いのではありませんか　　4．氷は水と同じものですか

問2　氷の上がよく滑る理由はなにか。

　1．氷は冷たくて硬いために変形しやすくなっているから。

　2．氷の層が薄いために、温度によって変形しやすくなっているから。

　3．氷の表面の非常に薄い層が変形しやすくなっているから。

　4．温度が高くなると、氷がとけて水に変形するから。

「短文」は、ポイントを速く、ずばり読みとることが大切です。短文でよく問われる問題の種類は以下の通りです。問題のパターンに合わせた読み方を練習しましょう。

解法その１：「問題」のパターンを知る

◆問題のパターン

①下線部の意味を問う：下線部の言葉の意味をしっかり理解してから前(後)を見る！

②ブランクに語句を入れる：ブランクの前後の言葉に注意して同じ表現をさがす！

③文章の内容を問う：キーワードや文末表現に気をつけて選択肢と比較する！

④筆者の主張を問う：第１文と最後の１文に注目！

「～である／だろう／ではなかろうか」などの表現に注意！

◆筆者の主張を正しくとらえる方法

①何について書かれている文章か？　→　「主題」を把握する

②キーワードは何か？　→　「キーワード」を見つける

③一番言いたいことは何か？　→　「主張・意見・ポイント」の表れている文を見つける

解答・解説

では、例題の文章について見てみましょう。

①何について書かれている文章か？　→　主題：「氷の上はどうして滑るのか」

②キーワードは何か？　→　キーワード：「変形する」

③一番言いたいことは何か？　→　ポイント：「厚さ十分の一ミリから百分の一ミリメートルぐらいの薄い層が変形するために、氷は滑る」

問１：（　　　　　　）の前後をよく見ます。

「（　　　　　　）」

「氷がとけて水になるのが零度Ｃですから、<u>マイナス十度Ｃ、マイナス二十度Ｃは、氷にとって融点に近いということで、今にもとけてしまいそうな状態といえます</u>」。氷の温度について書いてありますから、１と４は×。２は「温度が高い」がおかしいから×。したがって答えは**３**です。

問２：この文章は「氷の上はどうして滑るのか」について説明している文章です。「キーワード」と「ポイント」を含んでいる答えをさがすと……

１．「氷は冷たくて硬いために」が×

２．「氷の層が薄いために」が×

４．「水に変形する」が×　　　　　　　……したがって、答えは**３**です。

問題Ⅰ 次の文章を読んで、後の問いに答えなさい。答えは、１・２・３・４から最も適当なもの
を一つ選びなさい。

　いたずら電話を受けないように、発信者の電話番号が一目で分かる留守番電話が売り出される。こ
の電話は、電話がかかってきたとき、相手に「電話番号を入力してください」とのメッセージを女性
の声で読み上げる。入力しなかった場合は数秒後に「ただいま留守です。メッセージがあれば……」
と居留守を装う。入力した電話番号が示されるので、「あやしい番号なら受話器を取らず、無視でき
る」という。

（参考：1996 年 12 月 26 日付『朝日新聞』）

（注１）発信者：電話をかける人　　（注２）入力する：機械に情報を入れること

（注３）無視する：存在を認めないこと

問い　この電話はどんな人が使うか。

　１．電話に出る前に相手が知り合いかどうかを確認したい人

　２．留守のときにもメッセージを受けられるようにしたい人

　３．相手が留守ではないことを確かめてから電話をしたい人

　４．まちがえないように番号を確認してから電話をかけたい人

タスク　下線部と（　　　　）に適当な言葉を入れなさい。

　①**主題**：「＿＿＿＿＿＿＿＿＿＿＿＿＿＿＿＿＿＿＿＿＿＿＿＿＿＿＿＿＿」

　②**キーワード**：「＿＿＿＿＿＿＿＿＿＿＿＿＿＿＿＿＿＿＿＿＿＿＿＿＿＿」

　③**ポイント**：「＿＿＿＿＿＿＿＿＿＿＿＿＿＿＿＿＿＿＿＿＿＿＿＿＿＿＿」

●新しい留守番電話の特徴＝（　　　　　　　　　　　　　　　　　　　　　　　　）

　それは、（　　　　　　　　　　　　　　　　　　　　　　　　　　　　　）ため。

●新しい留守番電話のいいところ＝（　　　　　　　　　　　　　　　　　　　　）ので

　（　　　　　　　　　　　　　　　　　　　　　　　　　　　　　　　　　　　）。

問題Ⅱ 次の文章を読んで、後の問いに答えなさい。答えは、1・2・3・4から最も適当なものを一つ選びなさい。

　喫茶店の窓越しにみえる仲のよさそうな女子高生二人。なんの気なしに二人を見ているとアレアレ不思議な現象が……。一人がテーブルに両肘をつけば（　①　）、一人がコーヒーカップを持てば（　①　）、というぐあいに二人の動作が似てくるではないか。

　こんな光景を目撃した経験はないだろうか？

　わざわざマネをしているわけでもないのに、会話に熱中してくると知らず知らずに相手と同じポーズをとってしまうことを、心理学では、「姿勢反響」とよぶ。なぜこうした反応がおこるかといえば、社会的地位が同じであるということを確認しているのである。つまり、同じようなくつろぎや緊張のポーズをとることで、「私はあなたとまったく同じですよ」とアピールしているのだ。それを受けとった相手は無意識のうちに気分がよくなり、さらに会話も弾むのである。

（博学こだわり倶楽部編『「しぐさ」の不思議』河出書房新社より、一部改）

（注1）目撃する：そこで実際に見る　（注2）確認する：確かめる

（注3）くつろぎ：のんびりすること　（注4）アピールする：示す、伝える

（注5）弾む：調子よく進む

問1　（　①　）には同じ言葉が入ります。適当なものを一つ選びなさい。

　1．他人も　　　　　　2．一人は　　　　　　3．もう一方も　　　4．二人とも

問2　筆者は「姿勢反響」はどんなことの現れだと言っているか。最も適当なものを一つ選びなさい。

　1．「私はくつろいでいますよ」ということ

　2．「私はあなたとまったく同じですよ」ということ

　3．「私はあなたといると気分がいいですよ」ということ

　4．「私はあなたと同じアピールをしていますよ」ということ

タスク　下線部と（　　　）に適当な言葉を入れなさい。

　①主題：「_____」

　②キーワード：「_____」

　③ポイント：「_____」

●不思議な現象＝（　　　　　　　　　　　　）、（　　　　　　　　　　　　）。

●「姿勢反響」＝（　　　　　　　　　　　　　　　　　　）こと

　→（　　　　　　　　　　　　　　　　　　　）ことを確認している。

●「姿勢反響」の結果＝（　　　　　　　　　　　　　　　　　　）。

問題Ⅲ 次の文章を読んで、後の問いに答えなさい。答えは、1・2・3・4から最も適当なもの
を一つ選びなさい。

「さん」は本来個人の名前につけるものであるのに、グループや組織などにも「さん」がつけられ
ることが多い。「東京商事さん」「大阪電機さん」などと言うのは、今や、ふつうのことであるが、
「NHKさん」「民放（民間放送）さん」とか「国立大学さん」などと言うのも一般化しつつあるよう
だ。そして、この傾向は今後も強まるのではないかと思われる。周囲の人が「さんづけ」をしている
のに、自分だけそれをしなければ、相手に失礼ではないか、少々抵抗はあるが、（　　　　　　　　）と
いう心理が働くからだ。今後国際化がいっそう進めば、近い将来「アメリカさん」「中国さん」など
と言うようになるのかもしれない。

問い （　　　　　　　　）に入る適当なものを選べ。

1．「さん」をつけて呼ぶほうがよさそうだ　　2．「さん」をつけるのは当然だ

3．しかし、「さん」の使いすぎは避けたい　　4．失礼でなければかまわない

タスク　下線部と（　　　）に適当な言葉を入れなさい。

①主題：「_____」

②キーワード：「_____」

③意見：「_____」

●「さん」＝（　　　　　　　　　　　　　　　　　　　）につけられるものであるが、

　　　　　（　　　　　　　　　　　　　　　　　　　）にもつけられることが多い。

●今後その傾向は（　　　　　　　　　　　　　　　　　　　　　　　）と思われる。

　→（　　　　　）が進むと、（　　　　　　　　　　　）などと言うようになるのかもしれない。

問題Ⅳ 次の文章を読んで、後の問いに答えなさい。答えは、1・2・3・4から最も適当なもの
を一つ選びなさい。

　動物にとって住む場所というのは基本的なもので、少し高等な動物なら自分の縄張りをもっている。
　　　（注1）
はるかシベリアに行った渡り鳥でも、毎年同じ場所に戻ってくる。それは住み慣れた場所には危険が
　　　　　　　　（注2）
ないという安心感があるからだ。

　人間の場合はもう少し複雑だが、故郷の基本が、自分が安心できる場所であることは変わらない。
だから、町おこしの基本は、住んでいる場所を心地よい町、帰りたい町にすることだろう。
　　　　（注3）　　　　　　　　　　　　　　　　　　　　（注4）
　　　　　　　　　　　　　　　　　　　　（河合雅雄氏の談話 1996年1月1日付朝日新聞による）

（注1）縄張り：そこでは力を出すことができるという場所

（注2）渡り鳥：季節によって住む場所を変える鳥

（注3）町おこし：町を盛んにし、活発にすること

（注4）心地よい：気持ちがいい

問い　この文章で筆者はどのようなことを言おうとしていると考えられるか。

　1．住み慣れた場所でも安心しすぎると、危険だ。

　2．人間は複雑な生き物だが、安心できる場所は変わらない。

　3．動物は基本的な生活が大切だから、縄張りをもっている。

　4．故郷が心地よい、帰りたい町になれば、人々は帰ってくるはずだ。

　タスク　下線部と（　　　　）に適当な言葉を入れなさい。

　①主題：「＿＿＿＿＿＿＿＿＿＿＿＿＿＿＿＿＿＿＿＿＿＿＿＿＿＿＿＿＿＿＿＿」

　②キーワード：「＿＿＿＿＿＿＿＿＿＿＿＿＿＿＿＿＿＿＿＿＿＿＿＿＿＿＿＿」

　③主張：「＿＿＿＿＿＿＿＿＿＿＿＿＿＿＿＿＿＿＿＿＿＿＿＿＿＿＿＿＿＿＿＿」

●（　　　　　　　　　　　　　　　　　　　）なら、（　　　　　　　　　　　　）を持っている。

　それは（　　　　　　　　　　　　　　　　　　　　　　　　）があるからだ。

●人間の場合も（　　　　　　　　　　　　　　　　　　　　　　　　　　　）。

●「町おこし」の基本＝（　　　　　　　　　　　　　　　　　　　　　　）こと

読解
ステップ2《グラフ編》

解いてみよう

例題 次の文章を読んで、後の問いに答えなさい。答えは、1・2・3・4から最も適当なものを一つ選びなさい。

　下のグラフは各地の月平均の降水量と気温の変化を表したものです。まず、降水量ですが、横浜や松本は山型、つまり夏の降水量が多くなっています。それに対し、福井は谷型のようになっており、冬の降水量がかなり多いようです。また、札幌は年間を通して降水量がそれほど多くないのですが、特に、6月から7月にかけての梅雨の時期に多くないのが特徴です。気温は、どの地方も8月が最も高く、逆に1、2月の気温が最も低くなっています。ただし、横浜や福井は、冬でも零度以下になることはなく、その意味では比較的過ごしやすい地方だということができるでしょう。

（参考：国勢社『日本のすがた1997』）

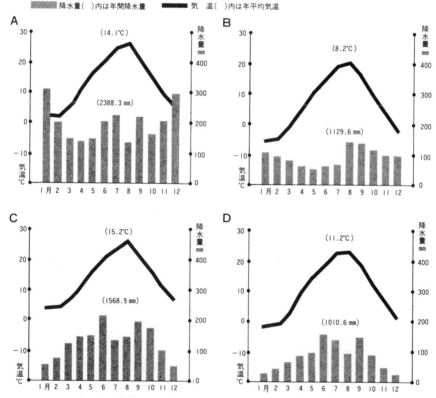

問い グラフの地名の組み合わせとして、正しいものはどれか。

1. A：福井　　B：横浜　　C：札幌　　D：松本

2. A：福井　　B：札幌　　C：横浜　　D：松本

3. A：福井　　B：札幌　　C：松本　　D：横浜

4. A：福井　　B：松本　　C：横浜　　D：札幌

　「グラフ」は、データを見やすく表したもの。ですから、グラフを正しく理解できれば、その解説文の内容を理解するのは簡単です。また、グラフの解説に使われるきまった表現を覚えておけば、理解するのはいっそう簡単になるでしょう。

解法その１：グラフの解説に使われる「表現」を知る

　◆よく使われる表現

　　＜数値に関するもの＞

　　　割合　％（パーセント）　割（分）　最も～　過半数　大半　多い　少ない　～以上　～以下

　　　～を占める　～となっている　～を超える　～に達する　軒並み～　～を割る（割り込む）

　　＜変化に関するもの＞

　　　↗：伸びる（伸び）　増える　増加（する）　上昇（する）　上回る　右肩上がり　逆転する

　　　↘：減る　減少（する）　減ずる　下降（する）　低下（する）　下回る　右肩下がり　落ち込む

　　　→：横ばい　緩やか　鈍く　なだらか

　　　∧：ピーク　頂点　～を境に

　　＜程度に関するもの＞

　　　大幅に　急（激）に　うなぎ登り　がくんと　徐々に　若干　など

解法その２：「接続詞」に注意する

　接続詞には「文と文」、「段落と段落」を結ぶ大切な役割があります。これを理解することが文章の読解にはとても重要です。では、まとめてみましょう。

　◆接続詞のまとめ

用法		代表例
順接	：前の文に続ける	だから、ゆえに、それで、すると
逆接	：前の文と反対のことを述べる	しかし、けれど、だが、でも
並立・添加	：前の文に付け加える	そして、また、ならびに、および
説明	：前の文を説明したり理由を加える	なぜなら、ただし、たとえば、まず
対比・選択	：前の文と違う条件を示す	あるいは、むしろ、それとも
転換	：話を変える	さて、ところで、では、ときに

解法その３：「指示代名詞（指示語）」や「人称代名詞」に注意する

　文脈を正しく把握するには、「指示語」や「人称代名詞」の理解が必要です。特に「指示語」は、会話の用法と異なるので注意！　では、まとめてみましょう。

◆指示代名詞（指示語）のまとめ

これ／これら	それ／それら	→	前の文の<u>具体的な名詞</u>
ここ	そこ	→	前の文の<u>具体的な場所名詞</u>
この＋具体名詞	その＋具体名詞	→	前の文の<u>具体名詞</u>
この＋抽象名詞	その＋抽象名詞		
このため	そのため		
こういう〜	そういう〜		→ 前の文の<u>内容</u>
こういった〜	そういった〜		
このような〜	そのような〜		

＊＊　指示内容の探し方　＊＊

　指示内容が見つかったら、必ず指示語のところに当てはめて確認してみましょう。それで意味が通じればＯＫです。

[解答・解説]

　では、例題の文章について見てみましょう。

　下のグラフは各地の月平均の降水量と気温の変化を表したものです。まず、降水量ですが、横浜や松本は山型、つまり夏の降水量が多くなっています。それに対し、福井は谷型のようになっており、冬の降水量がかなり多いようです。また、札幌は年間を通して降水量がそれほど多くないのですが、特に、６月から７月にかけての梅雨の時期に多くないのが特徴です。気温は、どの地方も８月が最も高く、逆に１、２月の気温が最も低くなっています。ただし、横浜や福井は、冬でも零度以下になることはなく、その意味では比較的過ごしやすい地方だということができるでしょう。

　整理すると……

	降　水　量	気　　温	
横　浜	山型（夏の降水量が多い）	８月が最も高い １、２月が最も低い	零度以下にならない
松　本	山型（夏の降水量が多い）		
福　井	谷型（冬の降水量が多い）		零度以下にならない
札　幌	それほど多くない（梅雨の時期も）		

　……したがって答えは **2** です。

問題Ⅰ　次の文章を読んで、後の問いに答えなさい。答えは、1・2・3・4から最も適当なもの
　　　　を一つ選びなさい。

　A社の発表によると、1997年4月から98年3月のA社のエアコンの国内出荷台数は前年度より
14％も少ない14万3000台にとどまった。1994年度の出荷台数が前年度の実績を下回って以来、前
年度の実績を割り続けてきたが、10％以上も落ち込んだのは5年ぶりである。

問い　本文に合うグラフはどれか。

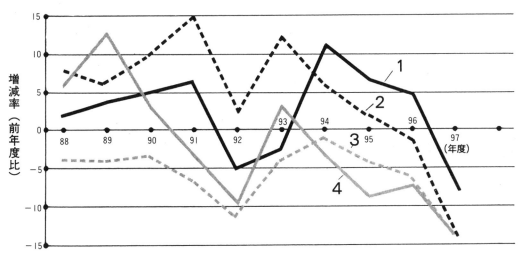

タスク　（　　　　　　　　　　）に適当な言葉を入れなさい。

●A社の（　　　　　　　　　　　）＝（　　　　　　　）台（　　　　　）年度

　前年度（（　　　　　）年度）より（　　　　　　）％（　　　　　　　　）。

●（　　　　　）年度以来（　　　　　　）が（　　　　　　）を（　　　　　　　　　）。

　（　　　　　）％以上（　　　　　　　　　　　　　　　　）のは（　　　　　）年ぶり。

問題Ⅱ　次の文章を読んで、後の問いに答えなさい。答えは、１・２・３・４から最も適当なもの
　　　　を一つ選びなさい。

　男性の飲酒習慣者に興味深い変化がみられる1989年から1994年までのデータを、「国民栄養調査結
果」に基づいて見てみましょう。５年間で最も減少したのは30歳代で、平均を割っています。また、
この数年減る一方だった40歳代の飲酒習慣者は、ついに50パーセントを割るところまで減少しまし
た。50歳代も約５パーセント減っているのですが、飲酒習慣者の割合から見る限りは、健康を大切
にする意識がほかの年代より薄いと考えられます。

問い　文章中の30歳代、
　　　40歳代、50歳代は、グラフ
　　　のどの線か。正しい組み合
　　　わせを選びなさい。

1.　　30歳代……D
　　　40歳代……B
　　　50歳代……A

2.　　30歳代……D
　　　40歳代……B
　　　50歳代……F

3.　　30歳代……F
　　　40歳代……C
　　　50歳代……E

4.　　30歳代……F
　　　40歳代……C
　　　50歳代……B

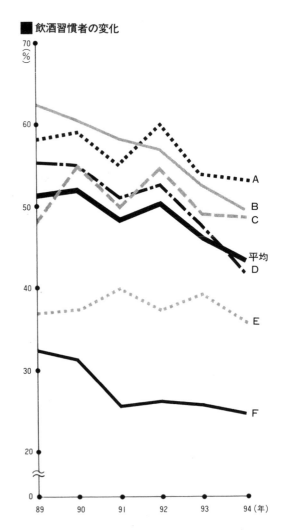

■飲酒習慣者の変化

タスク　（　　　　）に適当な言葉を入れなさい。

●このグラフは、（　　　　）の（　　　　　　　）の変化を（　　　　　）にまとめたもの。

●（　　）歳代　………　５年間で（　　　　　　　　　　　　　）減少した。

　（　　）歳代　………　ついに（　　　　　　　　　　　　　）減少した。

　（　　）歳代　………　（　　　　　　　　　）減少した、が（　　　　　　　　　　　）薄い。

ステップ3《長文編》

[解いてみよう]

例題　次の文章を読んで、後の問いに答えなさい。答えは、1・2・3・4から最も適当なものを
　　　一つ選びなさい。　　　　　　　　　　　　| 論説文 | 説明文 | **随筆文** | 小説文 |

　昔、気象庁にこんな予報官がいたそうだ。彼は当番の日に、「翌日は快晴」の予報を出して寝た。
ところが、朝起きてみると、どしゃ降りの雨である。彼は雨を見ながら、「天気図によれば絶対に雨
は降らない。降っているこの雨のほうがまちがっている！」と言ったという。まさに笑い話である。

　しかし、わたしは、この話が好きだ。①笑いとばしてしまえないものを感ずる。

　天気図を一所懸命調べた結果、雨は降らないと確信した。ところが、実際には雨が降っている。だ
とすれば、[　a　]がまちがったのであるが、それを「[　b　]がまちがっている」と言うところ
がいい。そういう頑固さもあっていいのだと思う。

　いや、気象学においては、そういう頑固さはお笑い種かもしれない。しかし、仏教に関してであ
れば、（　②　）と思う。

　たとえば、仏教の教えは、「競争をやめよ！」である。競争、競争と、血眼になって競争意識ばか
り燃やしていると、わたしたちに心の余裕がなくなり、エゴイストになってしまう。競争をやめて、
仲良く生きるのが、人間としてほんとうの生き方である。だが、そのようなことを言えば、必ずとい
ってよいほど反論がある。あなたはそんな気楽なことを言うが、現実は厳しいのだ。その現実をどう
する!?……といった反論である。

　そんなとき、「その[　c　]がまちがっているのです」と、わたしは言いたい。なにも現実に妥協
するばかりが能じゃないとわたしは思うが、おかしいであろうか……。

（ひろ　さちや『まんだら人生論』新潮文庫による）

（注1）どしゃ降り：はげしい降り方　　（注2）感ずる：感じる

（注3）頑固：自分の考えを変えないこと　　（注4）お笑い種：みんなが笑うこと

（注5）やめよ：やめろ　　（注6）血眼になる：夢中になる

（注7）エゴイスト：自分を中心に考える人　　（注8）妥協：相手に合わせて譲ること

（注9）能：（この文では）良いこと、大事なこと

問1 ①「笑いとばしてしまえないものを感ずる」とは、どういうことか。

1．この天気予報はまじめなものだと思う。

2．何か別の意味があるように感じる。

3．おもしろい話だが頑固さも感じられる。

4．天気予報は正しくて雨のほうがまちがっているように思う。

問2 a、b、cに入る言葉の適当な組み合わせはどれか。

1．a：予報　　b：天気図　　c：現実　　　2．a：天気図　　b：雨　　　c：競争

3．a：予報　　b：雨　　　　c：現実　　　4．a：雨　　　　b：予報　　c：競争

問3 （　②　）に入る適当なものはどれか。

1．われわれは競争をやめるべきだ

2．むしろわれわれは頑固であるべきだ

3．やはり仏の教えに従うべきだ

4．われわれは心に余裕をもつべきだ

問4 筆者が良いと考える「頑固さ」について、正しいものはどれか。

1．簡単には現実に妥協しない頑固さ

2．厳しい現実の中でがんばる頑固さ

3．競争を絶対にしないようにする頑固さ

4．反論に負けないでがんばる頑固さ

　文章の種類には、大きく分けて「論説文」「説明文」「随筆文」「小説文」の４つがあります。特に今までよく出ている「論説文」「説明文」「随筆文」の特徴を知れば、読みやすさがアップします。

解法その１：「論説文」の特徴を知る

・内容……ある事柄に対する著者の論説

　　　　→「筆者が一番言いたいことは何か」を捉える！

解法その２：「説明文」の特徴を知る

・内容……ある知識や情報とそれを紹介する著者の意見

　　　　→「ある知識や情報を説明することで筆者が何を伝えたいのか」を捉える！

解法その３：「論説文・説明文」の構成を知る

・構成…… 話題提起 ：キーワードがある：カタカナの名詞、漢字の名詞に注意！

　　　　　　　↓

　　　　　 具体例 ：具体物や数値がよく出てくる：ここはサッと読もう！

　　　　　　　↓

　　　　　 意見・まとめ ：最後の「まとめ」に筆者の意見がある：ここに注意！

解法その４：「随筆文」の特徴を知る

・内容……日常的な体験についての著者の感想や意見

　　　　「筆者が何を感じたか、何を言いたいのか」を捉える！

・構成…… 体験 ：筆者の具体的体験・エピソードが中心：主人公＝筆者（「私」）

　　　　　↓　　形式段落が比較的多く、「会話文」もよく出る

　　　　　 感想・意見 ：最後の「まとめ」に筆者の感想・意見がある：ここに注意！

解法その５：読み方の手順

1. 出典をチェックしよう！ ：出典名や本の名前にキーワードがあります。
2. キーワードを探そう！ ：たくさん出てくる言葉＝キーワード（カタカナや漢語に注意）
3. 段落分けをしよう！ ：段落ごとに内容を捉えます。特に最初と最後が重要。
4. 最初の一文（一段落）に注意！ ：ここで、「何についての文章か」がわかります。
5. 筆者の意見はどこ？ ：最終段落に注意！　まとめの中に意見があります。

　　　・「～（な）のです／～ではないでしょうか」

　　　・「～だ／～である／～であろう／～ではなかろうか」などの文末表現に注意！

解答・解説

では、例題の文章について見てみましょう。

問1 まず、下線①の意味をしっかり理解します。

「笑いとばしてしまえないものを感ずる」。「笑い飛ばす」＝「問題にしない」、「〜てしまえない」＝「（簡単には）〜ことができない」ですから、この部分の意味は「（簡単には）問題にしないことができないものを感ずる」つまり、「何か簡単に扱えないものを感じる」ということです。

ですから、答えは**2**。1は「まじめなものだ」が×、3は「おもしろい話、頑固さ」が×、4は「天気予報は正しくて雨のほうがまちがっている」が×です。

問2 前後をよく見れば簡単です。

「天気図を一所懸命調べた結果、雨は降らないと確信した。ところが、実際には雨が降っている。だとすれば、[a] がまちがったのであるが、それを「[b] がまちがっている」と言うところがいい。」「そんなとき、「その [c] がまちがっているのです」と、わたしは言いたい。なにも現実に妥協するばかりが能じゃないとわたしは思う」

まず、「が」という逆接の接続詞で文章がつながっていますから、aとbは反対の意味を表す言葉が入ります。したがって「予報」と「雨」。cは、筆者の意見で「言いたい」と述べているので「現実」が入ります。したがって答えは**3**です。

問3 （ ）の前後を見ます。

「気象学においては、そういう頑固さはお笑い種かもしれない。しかし、仏教に関してであれば、（ ② ）と思う。」「しかし」という逆接の接続詞でつながっていますから、「そういう頑固さはお笑い種（＝おかしいこと）」の反対の意味を選びます。また、「頑固」（この文章のキーワード）が入っていないとダメですから、答えは**2**です。

問4 最後の1文に着目します。

「なにも現実に妥協するばかりが能じゃないとわたしは思うが、おかしいであろうか……。」つまり、「いつも現実を受け入れるのがいいというわけではない」というのが筆者の考えですから、答えは**1**です。2は「厳しい現実の中でがんばる」が×、3は「競争を絶対にしないようにする」が×、4は「反論に負けないで」が×です。

問題Ⅰ　次の文章を読んで、後の問いに答えなさい。答えは、1・2・3・4から最も適当なもの
　　　　を一つ選びなさい。　　　　　　　　　　　　論説文｜説明文｜随筆文｜小説文

　ＪＲでは「自動券売機」というらしい。いつもふしぎでならないのだが、どうしてあれが自動だろ
う。

　まず料金をたしかめる。東京などでは首都圏がそっくり標示（ひょうじ）されていて、行先を見つけるのがひと
苦労だ。財布からお金を出して機械に入れる。硬貨（こうか）ばかりだと、わりとヒマがかかる。細いタテの口
に一枚ずつ入れるのだもの、けっこう技術もいる。どうかすると小銭（こぜに）が手からすべって足元をころが
っていく。

　①紙幣（しへい）だからといって安心できない。なぜか妙に呑（の）み込みの悪い機械があって、何度入れても不機（ふき）
嫌（げん）そうに吐き出してくる。逆にしたり、シワをのばしたりしていると、そのうち機嫌がなおったよう
にスッと呑み込む。

　ボタンを押す段階になって、人によっては眼鏡が必要だ。なにしろ無機的な数字が並んでいるだけ
で、かりにも押しまちがうと、②すべての苦労が水の泡（あわ）になる。キップとつり銭（せん）が出てくる。キップ
をとり、つり銭をひろい上げる。ようやく一件落着（いっけんらくちゃく）というわけだが、この手続きのどこが
「（　a　）」だというのだろう。すべて「（　b　）」ではないか。

【中略】

　バスにしても、少し距離（きょり）のあるときは大変だ。【中略】箱には、きっかりの金額を入れなくてはな
らない。うっかり余分に入れても、その分はもどらない。理由はきまっている。「自動ですから」。

　実をいうと、私たちの生活全体がとっくに目に見えない「自動」装置（そうち）にとりこまれているのではあ
るまいか。行政（ぎょうせい）も、金融（きんゆう）のシステムも、情報の配分も──スーパーでの買物一つとっても、こちら
が主人で、お客様の選択にゆだねてあるかのようだが、そんなふうに見えるだけである。実際は一定
のシステムに組みこまれ、（　c　）を強（し）いられ、③いいように使われている。あとで文句をいって
も、きっと「（　d　）ですから」のひとことが返ってくるだけだ。

　　　　　　　　　　　　　　（池内　紀『遊園地の木馬』1997年2月28日付日本経済新聞による）

（注1）呑み込み：機械がお金を中に引き入れること　　（注2）かりにも：もし

（注3）きっかり：ちょうど　　（注4）行政：国や地方の政治、役所

（注5）ゆだねる：まかせる　　（注6）強いる：命令してさせる

問1 ①「紙幣だからといって安心できない」を説明する正しいものは、どれか。

1. 紙幣だから機械にスッと呑み込まれないかという心配がある。
2. 紙幣でも機械に入っていかないかもしれないので、安心できない。
3. 紙幣でも機械にスッと呑み込まれてしまう心配がある。
4. 紙幣だから機械が吐き出すかもしれないので、安心できない。

問2 ②「すべての苦労が水の泡になる」とは、ここではどんなことか。

1. 眼鏡がないと、数字が見えなくなって困るということ
2. 機械が数字をまちがえるので、とても困るということ
3. もう一度はじめからやり直さなければならないということ
4. ボタンの押し方が難しくてとても苦労するということ

問3 ③「いいように使われている」とは、どんなことか。

1. 機械が人間にうまく使われているということ
2. いろいろな操作をさせられているということ
3. 機械によって人間のシステムが便利になったということ
4. 自動の機械のほうが手動の機械よりよく使われているということ

問4 a、b、c、dに入る組み合わせとして、最も適当なものを選びなさい。

1. a：自動　b：他動　c：他動　d：自動
2. a：他動　b：自動　c：他動　d：自動
3. a：他動　b：自動　c：自動　d：自動
4. a：自動　b：他動　c：自動　d：自動

空欄に当てはまる言葉や文を、文章の中から抜き出して書きなさい。

1．出典は……「＿＿＿＿＿＿＿＿＿＿＿＿＿＿＿＿＿＿＿＿＿＿＿＿＿＿＿＿」

2．段落は……第1段落：＿＿＿＿行目　～　＿＿＿＿行目

　　　　　　　第2段落：＿＿＿＿行目　～　＿＿＿＿行目

　　　　　　　第3段落：＿＿＿＿行目　～　＿＿＿＿行目

　　　　　　　第4段落：＿＿＿＿行目　～　＿＿＿＿行目

　　　　　　　第5段落：＿＿＿＿行目　～　＿＿＿＿行目

　　　　　　　第6段落：＿＿＿＿行目　～　＿＿＿＿行目

3．キーワード（たくさん出てくる言葉）は……「＿＿＿＿＿＿＿＿＿＿＿＿＿」（　　個）

4．何についての文章か（＝主題）……「＿＿＿＿＿＿＿＿＿＿＿＿＿＿＿＿＿＿」

5．筆者が一番言いたいことはどの文か……

　「＿＿＿＿＿＿＿＿＿＿＿＿＿＿＿＿＿＿＿＿＿＿＿＿＿＿＿＿＿＿＿＿＿＿

　＿＿＿＿＿＿＿＿＿＿＿＿＿＿＿＿＿＿＿＿＿＿＿＿＿＿＿＿＿＿＿＿＿＿」

●要約

　「（　　　　　）」は、どうして（　　　　）といえるのだろう。

　（　　　）を見つけ、（　　　）をたしかめるのはひと苦労だ。機械に（　　　　）を入れるのもわりと（　　　）がかかり、けっこう（　　　）もいる。（　　　）でも安心できない。

　さらに、（　　　）を押しまちがうと（　　　　　　　　　）。

　（　　　）にしても、少し距離のあるときは（　　　）だ。

　私たちの生活全体がとっくに目に見えない「（　　　）」装置にとりこまれているのではないか。（　　　）も、（　　　）のシステムも、（　　　）の配分も、（　　　　）での買物も、こちらが（　　　）で、（　　　）の選択にまかされているかのようだが、（　　　　　　）だけだ。実際は一定の（　　　）に組みこまれ、（　　　　　　　　　　）ているのである。

問題Ⅱ　次の文章を読んで、後の問いに答えなさい。答えは、1・2・3・4から最も適当なもの
　　　　を一つ選びなさい。　　　　　　　　　　　　　　　　　　| 論説文 | **説明文** | 随筆文 | 小説文 |

　銀行員らしい顔、政治家らしい顔という言い方がある。私たちは何となくそれらしい顔を思い浮か
べることができる。本当に職業によって顔が違うのだろうか。

　コンピューターを使うと、数十人の特定の職業の人の顔写真を集めて、その①平均の顔を合成する
（注1）
ことができる。目や口の大きさ、まゆの濃さ、肌の色、それらすべてを平均するのである。これによ
　　　　　　　　　　　　　　（注2）
ってそれぞれの顔の個性は打ち消されて、集団に共通の特徴が浮き彫りになる。
　　　　　　　　（注3）
　実際に銀行員やプロレスラー、政治家などの平均の顔を合成してみて驚いた。それぞれの平均の顔
　　　　　　　　（注4）
が、筆者が思い浮かべていた職業の典型的な顔そのものになっていたからである。
　　　　　　　　　　　　　　　　（てんけいてき）
　これは一体なぜなのだろうか。たとえば、もともと銀行員の顔をしている人が銀行員になったのだ
ろうか。それとも、銀行員になったから、銀行員の顔になったのだろうか。筆者は（　②　）と思っ
ている。つまり、その職業につくことによって、知らず知らずのうちに、自分が属している集団の典
型的な顔になったのではないか。

　もしかしたら、無意識のうちに努力したのかもしれない。たとえば、銀行員の卵は、最初のうちは
まだ学生の顔をしていたに違いない。それが次第に一人前になる。一人前になるということは銀行員
　　　　　　　　　　　　　　　（いちにんまえ）
の顔になることである。逆に言うと、その職業の顔になることによって初めて一人前になったと社会
　　　　　　　　　　　　　　　　　　　　（注5）
的に認知される。
（にんち）
（注6）
　いずれにせよ人間の顔は、その人が属している集団によって、かなり変わるものらしい。その集団
にいい顔をしている人が多ければ、自然に皆がそういう顔になる。逆に、だれかが一人暗い顔をして
いると、集団全体が暗くなる。いい顔と悪い顔は人から人へ伝染するからである。
　　　　　　　　　　　　　　　　　　　　　　　　　　　　　（でんせん）
　「いい顔」が、自分から職場や社会へ、そして日本から世界へ。③このような伝染病が世界中には
やるようになれば、これほど楽しいことはない。

　　　　　　　　　　　　（原島　博「いい顔の伝染病」1996年5月5日付日曜版朝日新聞による）

（注1）合成：いくつかのものを合わせて、一つのものを作ること　　（注2）まゆ：目の上の毛

（注3）個性：個人に特徴的なもの　　（注4）プロレスラー：レスリングを職業とする人

（注5）一人前：その職業の人として能力を認められること

（注6）認知：たしかにそうだと認めること

問1　①「平均の顔」とは、なにか。

1．銀行員、政治家、プロレスラーの３つの職業の顔を１つに平均した顔

2．同じ職業の人の顔の各部分を平均し、それらを合成した顔

3．個性を消して、その職業の典型的な顔と同じになるように合成した顔

4．筆者が思い浮かべていた職業の典型的な顔を平均した顔

問2　（　②　）に入る適当な文を選びなさい。

1．前者でも後者でもない　　　　　　2．後者ではない

3．前者ではないか　　　　　　　　　4．後者ではないか

問3　③「このような伝染病が世界中にはやるようになれば、これほど楽しいことはない」の内容と
　　合うものを選びなさい。

1．「いい顔」のもとになる伝染病がはやることは楽しいことだ。

2．「悪い顔」になるのは伝染病がはやるためであるから楽しいことではない。

3．「いい顔」が世界中に広がることは楽しいことだ。

4．「いい顔」と「悪い顔」が人から人へ伝わることは楽しいことだ。

問4　本文の内容と合うものを選びなさい。

1．人によって顔が違うから、合う職業が一人ひとり違う。

2．自分の顔に合った職業を選ぶことが大切だ。

3．職業に合った顔をしていても一人前になれるとは限らない。

4．人は働いているうちに、その職業の顔になる。

1．出典は……「＿＿＿＿＿＿＿＿＿＿＿＿＿＿＿＿＿＿＿＿＿＿＿＿＿」

2．段落は……第1段落：＿＿＿行目　～　＿＿＿行目

　　　　　　第2段落：＿＿＿行目　～　＿＿＿行目

　　　　　　第3段落：＿＿＿行目　～　＿＿＿行目

　　　　　　第4段落：＿＿＿行目　～　＿＿＿行目

　　　　　　第5段落：＿＿＿行目　～　＿＿＿行目

　　　　　　第6段落：＿＿＿行目　～　＿＿＿行目

　　　　　　第7段落：＿＿＿行目　～　＿＿＿行目

3．キーワード（たくさん出てくる言葉）は……「＿＿＿＿＿＿＿＿＿」（　　　個）

4．何についての文章か（＝主題）……「＿＿＿＿＿＿＿＿＿＿＿＿＿＿＿＿＿＿」

5．筆者が一番言いたいことはどの文か……

「＿＿＿＿＿＿＿＿＿＿＿＿＿＿＿＿＿＿＿＿＿＿＿＿＿＿＿＿＿＿＿＿＿

＿＿＿＿＿＿＿＿＿＿＿＿＿＿＿＿＿＿＿＿＿＿＿＿＿＿＿＿＿＿＿＿＿」

●要約

　私たちは何となく（　　　　　　）顔を思い浮かべることができるが、本当に（　　　　）によって（　　　　）が違うのだろうか。

　コンピューターを使うと（　　　　　）を合成することができる。これによってそれぞれの（　　）は打ち消されて、（　　　　　　）が浮き彫りになるが、　実際に（　　　　　）を合成してみたら、筆者が思い浮かべていた職業の（　　　　　）顔になった。

　筆者は、その（　　　）につくことによって、（　　　　　　）のうちに、（　　　　　　）集団の（　　　）顔になったのではないかと思っている。もしかしたら、（　　　）のうちに努力したのかもしれない。（　　　　　）になるということはその職業の顔になることである。逆に言うと（　　）の顔になることよって初めて（　　　）になったと（　　　　　）される。

　（　　　）の顔は、その人が属している（　　　）によって、かなり変わるものらしい。

　「（　　　）」が、自分から職場や社会へ、そして日本から世界へ（　　　）すれば、これほど（　　　　）はない。

ステップ1

問題Ⅰ　1　**問題Ⅱ**　問1　3　問2　2　**問題Ⅲ**　1　**問題Ⅳ**　4

ステップ2

問題Ⅰ　2　**問題Ⅱ**　1

ステップ3

問題Ⅰ　問1　2　問2　3　問3　2　問4　4

問題Ⅱ　問1　2　問2　4　問3　3　問4　4

読解　成績　____／15 点

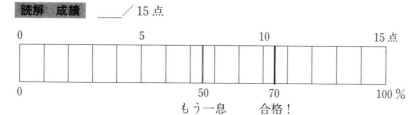

もう一息　　合格！

総合問題

**問題Ⅰ　次の文章を読んで、後の問いに答えなさい。答えは、１・２・３・４から最も適当なもの
　　　　を一つ選びなさい。**

　ある人が「忙しいということは得意になることではない。予定をビッシリと手帳に書き入れて、時
間を気にしながら仕事をしているのは現代人の悲劇だ。忙しいとは心を亡ぼすと書くではないか」と
いう。またある人は「忙しいか忙しくないかは本人の気持ちしだい。お天道さまは金持ちにも貧しい
人にも、平等に一日二十四時間をくださっているじゃないか。やらなくてはならない用事のわりには
二十四時間はちょっと少ないだけ、あるいは時間のわりに用事がちょっと多いのかな。私は、そう思
っているだけさ」とケロリとしていた。どちらも一理ある話である。

（島崎　信『椅子の物語〜名作を考える〜』ＮＨＫ出版による）

（注１）悲劇：悲しいこと　　（注２）お天道さま：太陽　　（注３）一理ある：理解できる

問い　「忙しいか忙しくないかは本人の気持ちしだい」とは、どういうことか。

　１．忙しいと感じる日もあれば、そう感じない日もあると思うのがいい。

　２．一日は二十四時間しかないので、気持ちはいつも忙しい。

　３．現代人はだれでも時間を気にしながら仕事をしている。

　４．忙しさを感じるというのは、本人がそう思ってしまうからである。

**問題Ⅱ　次の文章を読んで、後の問いに答えなさい。答えは、１・２・３・４から最も適当なもの
　　　　を一つ選びなさい。**

　銀行が受け入れるのは「預金」で、郵便局は「貯金」だが、どうして、言葉のつけ方が違うのだろ
うか。「預金」は、文字通り「お金を預ける」ことである。しかし、ここで注意したいのは、
（　ａ　）にはお金を「貯める」ために預けるときと、「支払う」ために預けるときがあることだ。つ
まり、（　ｂ　）をふくめた言葉が（　ｃ　）なのである。「貯める」（　ｄ　）でよく知られている
のが定期預金、「支払う」預金の代表は当座預金で、これは会社の取引などでよく使われる、現金を
持ち運ぶ必要がない便利なものだ。そして、銀行はその両方を仕事としている。

（参考：国勢社『日本のすがた 1997』）

（注１）当座預金：期限を定めない預金　　（注２）取引：物の売買やお金の受け渡し

問い　a～dに入る言葉の組み合わせとして適当なものはどれか。

1.　①預金　②預金　③貯金　④貯金

2.　①貯金　②預金　③預金　④預金

3.　①貯金　②貯金　③貯金　④預金

4.　①預金　②貯金　③預金　④預金

問題Ⅲ　次の文章を読んで、後の問いに答えなさい。答えは、1・2・3・4から最も適当なもの
　　　　を一つ選びなさい。

　　一般に、大きさと向きをもつ量をベクトルという。力も大きさと向きをもつのでベクトルである。
物体(注)にはたらく力を図で示すときは、力のはたらいている点(作用点)から力の向きに矢印を引き、矢
印の長さで力の大きさを表す。これを力のベクトルといい、力のベクトルを示す記号は、力$\vec{F}$のよう
に、文字の上に矢印→をつけて表す。作用点を通り力の方向に引いた直線のことを作用線という。図
のように車を糸で引くときには、糸のどの位置を持って水平に引いても、同じ力のときには車は同じ
ように運動する。このように、物体に加える力の作用点を作用線上で移動させても、物体におよぼす
影響は変化しない。

（東京書籍『新訂理科Ⅰ』「力とつりあい」より、一部改）

（注）物体：形を持っている物

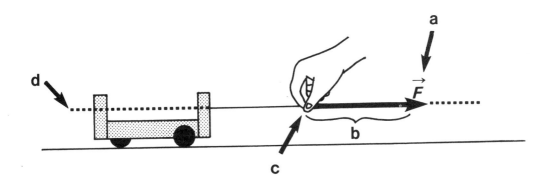

問い　図のa～dは何か。

1.　a：作用点　　　　b：作用線　　　　c：力のベクトル　　d：力の大きさ

2.　a：力のベクトル　b：力の大きさ　　c：作用点　　　　d：作用線

3.　a：力のベクトル　b：作用線　　　　c：作用点　　　　d：力の大きさ

4.　a：力のベクトル　b：作用点　　　　c：作用線　　　　d：力の大きさ

問題Ⅳ　次の文章を読んで、後の問いに答えなさい。答えは、1・2・3・4から最も適当なもの
　　　を一つ選びなさい。

　日本では、子どもの数が減っていることが近年ずっと問題となっているが、他国の出生率はどのよ
うに変化してきただろうか。下のグラフは、日本、スウェーデン、イタリア、イギリス、旧西ドイツ
の5か国の出生率の過去における変化を示したものである。1978年には、日本とイギリスとイタリ
アはほとんど肩を並べていた。しかし、その後、イギリスの出生率は80年まで上がり続け、一方、
日本とイタリアは下がった。特にイタリアの減少傾向が目立ち、その後も87年まで下がる一方だった。
1978年以前は5か国中最高であった国が、1986年以降は、最も出生率の低い国となっている。逆に
上がり傾向が目立つのはスウェーデンで、子ども2人の水準に達しているのは5か国中この国だけで
ある。　　　　　　　　　　　　　　　　　　　　　（参考：『朝日新聞』1990年10月23日付朝刊）

（注）出生率：1人の女性が一生の間に生む子供の数

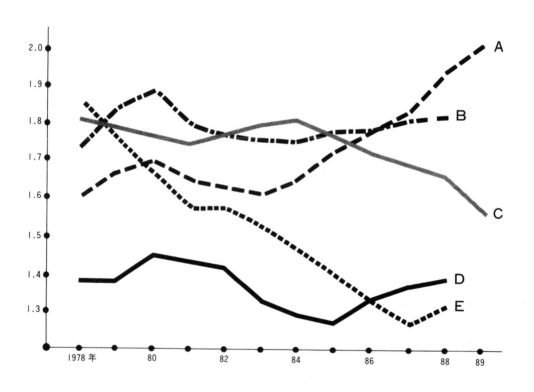

問い　グラフのA～Eが示す国の組み合わせとして、正しいものはどれか。
　1.　日本：C　スウェーデン：A　　　2.　日本：C　イギリス：E
　3.　イタリア：C　イギリス：B　　　4.　スウェーデン：A　日本：E

問題V 次の文章を読んで、後の問いに答えなさい。答えは、1・2・3・4から最も適当なもの
を一つ選びなさい。

　電灯からテレビ、洗濯機まで毎日の生活に欠かせない電気の性質、働きの学習は、理科の重要な柱
になっている。しかし、教師に聞くと、決まって「電流や電圧の原理を理解させるのは（　①　）。」
という答えが返ってくる。

　広島大などの研究者が2年前、八つの中学校の一〜三年生約八百人を対象に、テスト形式で実態を
調べた。テスト問題の正答率は、三年生でも77％だった。誤答した生徒の多くは、乾電池が同じ一
個だから明るさも同じ、と答えていた。調査メンバーの一人、小倉康さんは「授業で教わりながら、
相当数の生徒は、電流、電圧の違いなどの基本部分が（　②　）。」と話す。電気がなかなか理解され
ない理由ははっきりしている。直接さわったり目で見たりすることが難しい。そのうえ、学校で正式
に教わる前から、子どもは自分なりの、素朴なイメージを持っている。

　近年、小学生らを対象に、この素朴なイメージをさぐる③研究が盛んに行われている。子どもたち
の誤解部分に光を当て、そこから適切な指導法を引き出すねらいだ。

　乾電池から電球への電流回路（＋極から出て−極に流れこむ）については、「＋−両極から出て、
豆電球のところで衝突して光る」「電流は−方向に流れるが、電球で消費され、減ってしまう」など
ととらえられている。見えない電流を正しくイメージさせようと、教室では水の流れや、血の流れ、
電車の運行にたとえるなどして教える方法も取られている。

　生徒たちは、受験知識として法則を頭にたたきこんでいる。法則を応用する難しい計算問題もわけ
なく解く。しかし、真に理解しているかとなると話は別だ。理系の大学生でもこれらの法則の意味を
きちんと説明できる学生は少ないだろう。

　「（　④　）」と「わかる」との大きな落差。理科教育の難しさはここにあるようだ。

（『朝日新聞』1996年9月23日付「きょういく」より、一部改）

（注1）電流：電気の流れ　　（注2）電圧：二点間の電気エネルギーの差

（注3）実態：実際の状態　　（注4）素朴な：自然で単純な　　（注5）電流回路：電気が流れる道

問1　（　①　）に入る言葉はどれですか。

　1．おもしろい　　　2．楽だ　　　　　　3．難しい　　　　　4．必要だ

問2　（　②　）に入る文はどれですか。

　1．本当にわかるようになるのです

　2．本当にはわかっていないようです

　3．本当にさわってみることが大切です

　4．本当かどうか考えたほうがいい

問3　③「研究」を行うのは、どうしてですか。

1．電球の電流回路を正しく理解することが難しいから

2．子どもたちの誤解を明らかにする必要があるから

3．子どもたちのイメージが素朴で正しいから

4．電流が目で見えると理解しやすいから

問4　（　④　）に入る言葉はどれですか。

1．理解する　　　　　2．覚える　　　　　3．説明する　　　　4．とらえる

**問題Ⅵ　次の文章を読んで、後の問いに答えなさい。答えは、１・２・３・４から最も適当なもの
　　　　を一つ選びなさい。**

　これからの会社は、平均的な人間がいくら集まっても成り立たないのです。会社の中がどんどん細
分化されて、分業していっていますから、ある突出した能力のある人間のほうが使う側にとっては価
_(注1)
値があるわけです。科目でいえば、主要5教科の平均点が同じ人間がどれだけ集まっても意味がない
ということです。例えば、スポーツでいえば、走らせてもそこそこ走る。泳がせてもそこそこ、投て
_(注2)　　　　　　　　　　　　　　　　　　　　　　　　　_(注3)
きをさせてもそこそこ。そういう人間が集まってきても、（　①　）ということです。ほかのことを
させたら何もできないけれども、ただ走らせたらやけに速いということのほうが、メダルを獲るチャ
　　　　　　　　　　　　　　　　　　　　　_(注4)
ンスが生まれてくるのです。これからは②そういう社会にどんどんなっていく。欠点を直しているう
ちに人生は終わってしまいます。欠点を直すよりは、長所をどう伸ばしていってやるか。そのために
は、どんどんほめて伸ばしていくことが必要です。【中略】

　教育というのは、今（　a　）ものをどう活用していくかということです。（　b　）物を与える
のではなく、すでに今（　c　）能力みたいなものをどう伸ばしながら、活用していくかということ
です。例えば、5科目のテストがあったとして、平均点に届いていない科目と、平均点以上の科目と
があるはずです。でこぼこがあって、当たり前なのです。そのときに、平均点に届いていない科目に
対して、「おまえ、この能力が（　d　）から、ここをもっと伸ばせ」という教育の仕方ではないと
いうことです。出来の悪い科目は気にしなくていい。「おまえはこれが得意なのだから、同じ労力を
　　　　　　　　　　　　　　　　　　　　　　　　　　　　　　　　　　　　　_(注5)
払うのだったら、これをもっと伸ばせ」といってやる。得意な能力を伸ばしていくと、③ほかは後か
ら自然についてくるのです。そういう教育の仕方のほうがいいのです。このほうが本人も到達感が非
　　_(注6)
常にあるのです。　　　　　　　　　　　　　　（中谷彰宏『こんな上司と働きたい』ＰＨＰ文庫による）

（注1）突出する：飛び出す、特に高い　　（注2）そこそこ：人並、まあ良い

（注3）投てき：やり投げ、ハンマー投げ　（注4）やけに：すごく

（注5）労力：仕事などをするときの手間　（注6）到達感：「（難しいことが）できた」という満足の気持ち

問1 （　①　）に入る適当なものはどれか。

1．いいチームができる　　　　　　　2．運動能力がない

3．珍しいことではない　　　　　　　4．金メダルは獲れない

問2 ②「そういう社会」とは、どんな社会か。

1．突出した能力のある人が使われる社会

2．走るのが速い人がメダルを獲る社会

3．何でもそこそこできる人が分業する社会

4．5教科の平均点がでこぼこの人が集まる社会

問3 ③「ほかは後から自然についてくる」の説明として適当なものはどれか。

1．得意なことが伸びて、ますますよくなってくる。

2．得意ではないことも後からだんだん伸びてくる。

3．出来の悪い科目が気にならなくなる。

4．ほかの人が自然に従うようになってくる。

問4 a〜dに入る適当な言葉の組み合わせを選べ。

1．a：ない　b：ない　c：ある　d：ある

2．a：ある　b：ない　c：ある　d：ある

3．a：ある　b：ない　c：ある　d：ない

4．a：ない　b：ある　c：ある　d：ない

問題Ⅶ　次の文章を読んで、後の問いに答えなさい。答えは、1・2・3・4から最も適当なもの
　　　　　を一つ選びなさい。

　亡くなった妻が入院していた病院で、私は「気がきく」ということの重要性をつくづく学ばされた
経験がある。

　ガンが手遅れになってしまい、もはや死が避けられない状態になっていた妻は、個室に移った。そ
こで、ある一人の看護婦さんに来てもらいたい、と妻がしきりに言うようになった。

　「看護婦の仕事にはローテーションがあるから、特定の人だけに来てもらうわけにはいかない。わ
がままを言ってはダメだよ」^{（注1）}

　私が言うと、妻は「わかっているけど」と言いながらも、その一人の看護婦さんに自分はついてもら
いたいのだと言った。

　なぜ、妻はそんなにその看護婦さんがいいと思ったのか。

　当時の私は仕事がなく、妻につきっきりでいられたので、やってくる看護婦さん達を観察すること

にした。（　①　）、たしかに妻が「ついていてほしい」と言った看護婦さんは、仕事の仕方が他の人とは②ひと味違っていることに気がついた。

　たとえば、注射をうつとき、他の看護婦さんは「注射をしますよ」と言って手際よく処置し_(注2)、「お大事に」と言って部屋を出ていくが、妻が好む看護婦さんは「注射をしますよ」と言うだけでなく、「今日は顔色がいいわね」とか、「あら、今日もご主人がいらっしゃるのね。いいご主人じゃない。こんなに優しくしてくれるご主人はいないんだから、早くよくならないとね」と言葉をかけていく。（　③　）、患者の立場に立って、一生懸命励ましている気配りのある行動_(注3)が、妻の心をつかんだのだ。

　人間は相手の心に気がつき、相手のために気がきくかどうかで、天と地ほどに差が出てくる。妻の死と引き替えに、私は④この大事な人生の教訓_(注4)を妻から贈られたと思っている。妻は遠い世界に旅立っていったが、それ以来、私は「気がつく講師」「（　⑤　）講師」になりたいという気持ちで仕事をしている。　　　　　　　　　　　（山形琢也『気がきく人　気がきかない人』三笠書房による）

（注1）ローテーション：担当が順番で変わること

（注2）処置：注射をしたり、薬をつけたりすること

（注3）気配り：自分の周りのことや他人の立場を思ってやさしい気持ちを向けること

（注4）教訓：経験を通して得られる知恵

問1　（　①　）に入る言葉は、どれか。

　1．そこで　　　　　2．ただし　　　　　3．それから　　　　4．すると

問2　②「ひと味違っている」とは、どんな意味か。

　1．何か少し間違っている。　　　　2．人によって好む味が違う。

　3．同じものに見えるが実は全然違う。　　4．大きく変わらないが、どこか少し違う。

問3　（　③　）に入る言葉は、どれか。

　1．つまり　　　　　2．それとも　　　　3．それなら　　　　4．なお

問4　④「この大事な人生の教訓」とは、どんなことか。

　1．相手の心に気がつき、相手の心をつかむことが大切だという教訓

　2．相手の心に気がつき、気配りのある行動をすることが大切だという教訓

　3．相手の立場に立って、相手を一生懸命励ますことが大切だという教訓

　4．相手の立場に立って、言葉を使い分けるようにすることが大切だという教訓

問5　（　⑤　）に入る言葉はどれか。

　1．気がきく　　　　2．気になる　　　　3．気に入る　　　　4．気が合う

問題Ⅷ 次の文章を読んで、後の問いに答えなさい。答えは、1・2・3・4から最も適当なものを一つ選びなさい。

　クルマの運転では、車間距離（きょり）が大切である。くっついて走ると危険である。適当な間をおかなくてはならない。どんなドライバーでも4、50キロのスピードを出しながら前のクルマと2、3メートルしか離れていない、というような乱暴（らんぼう）なことはしない。
（注1）

　もし、後のクルマが異常に接近してくれば、前のクルマの運転者は"つけるな"といって怒るであろう。もっとスピードを落とせと合図を送るかもしれない。事故が起こりやすいのだから、（　①　）当然である。安全運転には車間距離のセンスが不可欠（ふかけつ）なのである。現在、日本人の三人にひとりが自動車の運転免許をもっているという。その人たちは車間距離の重要性はよくよく承知しているはずである。
（注2）（注3）

　（　②　）、人間同士、親子の間の車間距離がどんなに大切であるかについて、心得ている人がすくない。とても、③三人にひとりが知っているとは考えられない。親子がいかに危険な小さな間隔（かんかく）で走っているかについての自覚（じかく）がまったく欠落（けつらく）している。それで目に見えない衝突（しょうとつ）事故が起こらなければ、その方がおかしい。もちろんぶつかり合っては困る。それならいっそのこと、距離ゼロにしてしまえ。④二台の親子グルマがぴったりくっついて走る。これで、すくなくとも衝突の危険はさけられる。母子未分化（みぶんか）の状態である。乳離（ちばな）れしていない。【中略】
（注4）（注5）（注6）（注7）（注8）（注9）

　親と子はくっついている二台のクルマ。それがどんなに⑤不自然なことか考えられることもない。どうしたら、これを適正な距離にまで引き離すことができるのか。親だけでなく、子の方も真剣に考えなくてはならない問題である。

（外山滋比古『外山滋比古の家庭教育処方箋』講談社による）

（注1）ドライバー：運転する人　（注2）センス：感覚　（注3）不可欠：必ず必要

（注4）人間同士：人間と人間　（注5）自覚：自分でわかること　（注6）欠落：ないこと

（注7）いっそ：思い切って　（注8）未分化：まだ分かれていないこと

（注9）乳離れ：母親の乳を飲まなくなること、成長すること

問1　（　①　）に入る適当な言葉を選びなさい。

　1．つけた方が文句を言って　　　　　　2．つけられた方が腹をたてて

　3．つけた方が事故を起こして　　　　　4．つけられた方がスピードを落として

問2　（　②　）に入る適当な言葉を選びなさい。

　1．それゆえに　　　2．それとも　　　　3．それだから　　　4．それなのに

問3 ③の「<u>三人にひとりが知っているとは考えられない</u>」こととはどんなことか。

　1．親子の間の近い関係

　2．自動車の運転の方法

　3．車と車の車間距離の重要性

　4．人と人の間の距離の重要性

問4 ④「<u>二台の親子グルマがぴったりくっついて走る</u>」ことについて筆者はどのように考えているか。

　1．衝突の危険がないから、いいことだ。

　2．衝突の危険はないが、いいことではない。

　3．親子の関係が近くなるから、いいことだ。

　4．親子が未分化だから、いいとも悪いとも言えない。

問5 ⑤「<u>不自然なこと</u>」だと言っているのは、どうしてか。

　1．親と子は本来仲良くしなくてはいけないから

　2．親と子は本来仲が悪いものだから

　3．親と子の距離について真剣に考えていないから

　4．親と子の間には適正な距離が必要なのにそれがないから

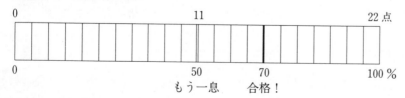

| 読解　総合問題　解答 |

問題 I　4　**問題 II**　4　**問題 III**　2　**問題 IV**　1

問題 V　問1　3　問2　2　問3　2　問4　2

問題 VI　問1　4　問2　1　問3　2　問4　3

問題 VII　問1　4　問2　4　問3　1　問4　2　問5　1

問題 VIII　問1　2　問2　4　問3　4　問4　2　問5　4

| 読解　総合問題　成績 |　＿＿／22 点

0　　　　　　　　　　　11　　　　　　　　　22 点

0　　　　　　　　50　　　70　　　　100 %

もう一息　　合格！

模擬テスト

文字・語彙

問題Ⅰ 次の文の下線をつけた言葉は、どのように読みますか。その読み方をそれぞれの１・２・
　　　　３・４から一つ選びなさい。

問1 妹を(1)迎えに駅へ行く途中、突然(2)大粒の雨が降ってきた。

(1) 迎え　　　１．むかえ　　　２．おさえ　　　３．きこえ　　　４．たえ

(2) 大粒　　　１．たいりゅう　２．おおあめ　　３．おおつぶ　　４．たいりょう

問2 川の(1)流域の住民たちは(2)湿気に悩まされている。

(1) 流域　　　１．るいき　　　２．るういき　　３．りゅうこう　４．りゅういき

(2) 湿気　　　１．しつど　　　２．しっけ　　　３．しつき　　　４．しんき

問3 (1)木綿のシャツは、汗を(2)吸うので、気持ちがいい。

(1) 木綿　　　１．きわた　　　２．もくめ　　　３．もめん　　　４．もくわた

(2) 吸う　　　１．かう　　　　２．はらう　　　３．よう　　　　４．すう

問題Ⅱ 次の下線をつけた言葉は、漢字（漢字とかな）でどう書きますか。それぞれの１・２・
　　　　３・４から一つ選びなさい。

問1 こころ当たりを(1)さがしたが、(2)まいごは見つからなかった。

(1) さがした　１．探した　　　２．深した　　　３．尋した　　　４．訪した

(2) まいご　　１．舞子　　　　２．迷子　　　　３．惑子　　　　４．道子

問2 今年も作物がよく(1)みのったと、いなかの父から(2)たよりがあった

(1) みのった　１．成った　　　２．生った　　　３．育った　　　４．実った

(2) たより　　１．便り　　　　２．頼り　　　　３．渡り　　　　４．郵り

問3 彼はスキーで(1)こっせつして、(2)げかに入院しています。

(1) こっせつ　１．骨折　　　　２．骨切　　　　３．骨断　　　　４．骨節

(2) げか　　　１．下科　　　　２．外科　　　　３．芸科　　　　４．内科

問題III　次の文の＿＿＿の部分に入れるのに最も適当なものを、1・2・3・4から一つ選びなさい。

(1)　ほかの人には絶対話さないから、私だけに＿＿＿教えてください。
　　1．そっくり　　　　2．こっそり　　　　3．しっかり　　　　4．うっかり

(2)　一度言えばわかるのに、部長は話が＿＿＿ので困る。
　　1．にぶい　　　　2．くどい　　　　3．あまい　　　　4．するどい

(3)　＿＿＿の銀行はたくさんあるが、国立の銀行は1つしかない。
　　1．市民　　　　2．民間　　　　3．人民　　　　4．民衆

(4)　このスーパーは、品数が豊富で、日用品ならなんでも＿＿＿いる。
　　1．つもって　　　　2．たまって　　　　3．まとまって　　　　4．そろって

(5)　親の言うことを＿＿＿に聞いて、もっと勉強しておけばよかった。
　　1．ゆかい　　　　2．てきかく　　　　3．すなお　　　　4．さわやか

(6)　台風接近の影響（えいきょう）で、鉄道の＿＿＿が乱れている。
　　1．ダイヤ　　　　2．タイヤ　　　　3．タイプ　　　　4．ダイヤル

(7)　ここから銀座へ行く方法は、3＿＿＿あるが、地下鉄がいちばんはやいだろう。
　　1．方　　　　2．道　　　　3．組　　　　4．通り

(8)　またテーブルの上に座って……。＿＿＿が悪いよ、やめなさい。
　　1．行儀（ぎょうぎ）　　　2．要領　　　　3．症状（しょうじょう）　　　4．立場

問題IV　次の(1)から(3)は、言葉の意味や使い方を説明したものです。その説明に最もあう言葉を、
　　　　1・2・3・4から一つ選びなさい。

(1)　頭がいい、知能がすぐれている。
　　1．まぶしい　　　　2．かしこい　　　　3．ずるい　　　　4．たのもしい

(2)　食器にお茶などの飲み物を入れる。
　　1．あふれる　　　　2．つける　　　　3．もる　　　　4．つぐ

(3)　商品が売れていく数量やはやさ。
　　1．売れ行き　　　　2．売り上げ　　　　3．売り切れ　　　　4．売り出し

文法

問題I　次の文の（　　）に入る最も適当なものを、1・2・3・4から一つ選びなさい。

(1)　近い（　　）、みんなでお酒でも飲みませんか。

　　1．うちに　　　　　2．ほどに　　　　　3．ときに　　　　　4．あいだに

(2)　コンピューターで絵をかいてみたが、初めて（　　）よくできたと思う。

　　1．なものだから　　2．にしては　　　　3．にかぎって　　　4．において

(3)　男は、亡くなった妻を想う（　　）、自殺してしまった。

　　1．すえに　　　　　2．あげく　　　　　3．ことか　　　　　4．あまり

(4)　彼女は、見ていない（　　）、実際に見たかのように昨日の事故の話をしていた。

　　1．くせに　　　　　2．だけに　　　　　3．ように　　　　　4．ことに

(5)　ふだんの成績から（　　）、彼女の合格はまちがいない。

　　1．しないと　　　　2．するに　　　　　3．すると　　　　　4．しようと

(6)　テスト（　　）なくなってしまえばいい、とよく思う。

　　1．さえ　　　　　　2．こそ　　　　　　3．くらい　　　　　4．なんか

(7)　世の中、何でも君の思い（　　）にはいかないよ。

　　1．どおり　　　　　2．よう　　　　　　3．まま　　　　　　4．とおり

(8)　使い（　　）くらいのお金があったらいいのだが。

　　1．かねない　　　　2．ぬけない　　　　3．きれない　　　　4．かけない

(9)　悪いとわかって（　　）やるなんて、ひどいよ。

　　1．いたら　　　　　2．いながら　　　　3．いるものなら　　4．いるほど

(10)　今日は朝から忙しくて、食事（　　）。

　　1．せずにはいられない　　　　　　　2．することがなかった

　　3．どころではなかった　　　　　　　4．しないでもなかった

(11) 友だちが来たので、宿題を（　　）で、遊びに行ってしまった。

　　1．やったまま　　　2．やりつつ　　　3．やりながら　　　4．やりかけ

(12) 失敗したあとから「しまった」と思ったところで、やり直せる（　　）。

　　1．わけではない　　2．にちがいない　　3．よりほかはない　　4．にほかならない

(13) 今度の作品が評価されなくても、（　　）、いつかきっといい作品を作るにちがいない。

　　1．彼だからこそ　　2．彼にしたって　　3．彼のおかげで　　4．彼のことだから

(14) 仕事がたくさんあってどうしようかと思ったが、彼女が手伝ってくれた（　　）、早く終わらせることができた。

　　1．おかげで　　　　2．せいで　　　　3．ばかりに　　　　4．あげく

(15) 電話番号をもう一度よく確かめた（　　）、おかけ直しください。

　　1．ところで　　　　2．うえで　　　　3．すえで　　　　4．いじょう

(16) 今回の事件（　　）、警察からは何の発表もない。

　　1．において　　　　2．によって　　　　3．について　　　　4．につれて

(17) この商品をご希望の方は、担当者を（　　）お申し込みください。

　　1．つうじて　　　　2．めぐって　　　　3．したがって　　　　4．もとより

問題Ⅱ　次の文の（　　）に入る最も適当なものを、1・2・3・4から一つ選びなさい。

(1) パーティーに出席できるとしても、（　　）。

　　1．何人ぐらい集まりますか　　　　　2．楽しみにしています

　　3．行けるかどうかわかりません　　　4．8時すぎになると思います

(2) 彼女はテニスもうまければ、（　　）。

　　1．教えることもできる　　　　　　2．水泳もうまい

　　3．試合に出られるだろう　　　　　4．スポーツが得意だ

(3) 今戻ってきたかと思うと、（　　）。彼は自分の席にすわるひまもないほど忙しい。

　　1．またすぐ出て行ってしまう　　　2．戻ってきた

　　3．戻ってこなかった　　　　　　　4．出て行ってしまったかと思う

読解

問題Ｉ　次の(1)から(3)の文章を読んで、それぞれの問いに対する答えとして最も適当なものを１・
　　　　２・３・４から一つ選びなさい。

（１）

　このグラフは、家庭での家事分担について国民の意識がどのように変わってきたかを示している。
夫が台所仕事をすることについて、「するのは当然だ」という人は［　ａ　］、88年には［　①　］
％に達した。一方、「すべきではない」と考える人は22％と、完全に少数派になっている。

　「するのは当然だ」とした人の率の変化を性別でみると、15年間に男性で13％増加したのに対し、
女性は［　②　］％と、伸びが大きい。これは男性の伸びが83年からの５年間ほとんど止まってい
るのに対して、女性の場合、73年には［　ｂ　］ものの、調査の度に確実に増加したからである。

　　　　　　　　　　　　　（ＮＨＫ世論調査部編『現代日本人の意識構造［第三版］』日本放送出版協会による）

●夫の台所仕事（国民全体）

	すべきでない	するのは当然だ	その他
'73年	38%	53	
'78	33	60	
'83	28	67	
'88	22	72	

●「するのは当然だ」（性別）

女性：'73年 51、'78年 60、'83年 68、'88年 75
男性：'73年 56、'78年 59、'83年 67、'88年 69

問1 〔 ① 〕に入る数字はどれか。

　1．70　　　　　　　2．72　　　　　　　3．75　　　　　　　4．94

問2 〔 ② 〕に入る数字はどれか。

　1．7　　　　　　　2．18　　　　　　　3．19　　　　　　　4．24

問3 〔 a 〕に入る適当な言葉を選びなさい。

　1．増えたり減ったりしているが　　　　2．調査をする度に増え

　3．横ばい状態が続いているが　　　　　4．減りつつあるが

問4 〔 b 〕に入る適当な言葉を選びなさい。

　1．男性の率を下回っていた　　　　　　2．男性の率をこえていた

　3．男性の率とほぼ等しかった　　　　　4．男性の率のほうが低かった

（2）

　睡眠は人間にとって大切なものですが、原始時代の人間には睡眠不足ということがありませんでした。なぜなら、彼らは朝太陽が出ると起き、夕方太陽が沈むと眠ったからです。私たち現代人は、文明の発達、科学の進歩のおかげで、好きなときに好きなように働いたり遊んだりすることができます。しかしその一方で、公害などによる環境の悪化が進み、ストレスも増しています。このようなことから、現代人の睡眠時間は（　a　）のではないかということが考えられますが、実際はどうでしょうか。下の表は、1970年から1985年までの日本人の一生の睡眠時間を比較したものです。これを見ると、睡眠時間は（　b　）かのように見えますが、平均寿命が（　c　）ことによって、実際の睡眠時間は（　d　）ということがわかります。

一生の睡眠時間		1970	1975	1980	1985
	平均寿命（年）	72.00	74.31	75.25	76.15
	睡眠時間（時間）	225500	232000	233750	235200
	一生の時間に対する割合	35.7%	35.7%	35.5%	35.3%

（参考：佐藤方彦『人間の話II』技報堂出版）

問1　「好きなときに好きなように働いたり遊んだりすることができます」とあるが、この文ではどのようなことか。最も適当なものを選びなさい。

1．自分の好きな仕事や好きな遊びを自由にすることができる。

2．太陽が沈んでからも働いたり遊んだりすることができる。

3．昼の間にたくさん好きな仕事をしたり、自由に遊んだりすることができる。

4．朝太陽が出ると、働いたり、遊んだりすることができる。

問2　a～dに入る組み合わせとして、最も適当なものを選びなさい。

1．　a　伸びている　　　　b　増えていない　　　c　伸びている　　　　d　変わっていない

2．　a　減っている　　　　b　増えている　　　　c　伸びている　　　　d　増えていない

3．　a　伸びている　　　　b　増えている　　　　c　伸びていない　　　d　変わっていない

4．　a　減っている　　　　b　増えている　　　　c　伸びている　　　　d　増えている

（3）

東京から新幹線で西へ向かうたび、「今日、富士山は見えるかな？」と思う。外国人の観光客が近くに居ると、「あれが富士山です」と教えたくなる。そして、彼らの嘆声（注1）を聞き、自分が褒められたように誇（ほこ）らしく感じる。

先週も同じ体験をした。富士は見る場所によって、表情が違う。広重（注2）の穏和（注3）な富士かと思うと、北斎（注2）の峻険（注4）（しゅんけん）な富士になる。①その変化を楽しみながら、西へ進む。②いつもなら、後は読書か睡眠（すいみん）だが、先週は名古屋から西の雪景色を堪能（注5）した。田んぼの畔（あぜ）のわずかな盛り上（注6）がり。竹やぶや屋根に降り積もった優しいふくらみ。一面の雪のはるか彼方（注7）（かなた）に浮かぶ湖面（注8）……。

京都に入り、清水（注9）の塔の朱色（注10）が後方に去ると、外国人たちは満足げに席を立った。彼らに言った。「列車は雪で三十分遅れましたが、日本も③捨てたものではないでしょう。」

（「鐘」1996年2月6日付日本経済新聞による）

（注1）嘆声：感心したときの声　（注2）広重、北斎：江戸時代の画家。富士山の絵を描いた。

（注3）穏和（な）（おだ）：穏やかで平和な　（注4）峻険な：非常に険しい

（注5）堪能する：十分に満足する　（注6）畔：田の周囲にある細い道

（注7）竹やぶ：竹の林　（注8）はるか彼方：遠くの方　（注9）清水：寺の名前

（注10）朱色：赤

問1　①「その変化」とは、どういうことか。

　1．富士山を見る場所が変わること

　2．富士山の姿がいろいろに見えること

　3．絵によって、富士山の表情が違うこと

　4．富士山の美しさを楽しむ気持ちが変わること

問2　②「いつも」とは、どんなときか。

　1．雪がないとき　　　　　　　　2．富士山が見えないとき

　3．新幹線に乗っていないとき　　4．外国人が近くにいないとき

問3　③「捨てたものではない」と近い意味のものはどれか。

　1．いいことばかり、たくさんある。

　2．いいことばかりではなく、悪い点もある。

　3．悪いことばかりではなく、いい点もある。

　4．悪いことばかりではないが、あまりよくない。

問題II　次の文章を読んで、後の問いに答えなさい。答えは、１・２・３・４から最も適当なもの
　　　　を一つ選びなさい。

　　国際間の交渉や製品のマニュアルでは、誤解を招かない厳密な言葉づかいが要求される。それに
　　　　　（注1）　　　　　（注2）　　　　　　　　　　　　　（注3）
もかかわらず、学校でも家庭でも日本語が十分に教え込まれていないようである。「学校で数学を教
えている間に、どうも①日本語が十分に教え込まれていないようだと感じられる学生をときどき見か
けるようになり、気になり始めたのです。」と、大学で数学を教える細井教授が雑誌に批判と提案を
　　　　　　　　　　　　　　　　　　　　　　　　　　　　　　　　　　　　　（ひ はん）（てぃあん）
述べている。

　　次の会話は日常の言葉と数学の言葉との混乱の例として細井教授があげているものだ。数学では
「ＡとＢ」と「ＡかＢ」とを厳密に区別するが、日常語では必ずしもそうではない。そこから②誤解
が生じることもある。

　　　弟「お年玉で自転車とゲーム機が買えるけど、どちらにしようかな、どっちもほしいんだけ
　　　　（注4）
　　　　　ど。」

　　　姉「じゃあ、両方買えばいいでしょ。」

　　　弟「そんなにたくさんお金ないもん。」

　　　姉「自転車とゲーム機が買えるって言ったでしょう。」

　　　弟「（　　　　　　　③　　　　　　　）。」

　　　母「お姉ちゃんのは数学のときの意味ね。ふつうの言葉と数学の言葉で意味が違うことがあるの
　　　　　よ。」

　　また、教授は「こういう話はうるさいかもしれませんが、日常場面で機会をとらえて指導してもら
えたら、数学教育は助かると思ったのです。」とも言っている。教授は、この対話形式での指導を数
学教育の国際会議で提案した。日本人の反応は④今一つだったが、アメリカ人からは大きな反響があ
　　　　　　　　　　　　　　　　　　　　　　　　　　　　　　　　　　　　　　　（はんきょう）（注5）
ったそうだ。　　　　　　　（参考：『言語』1995年1月号、1994年12月27日付読売新聞「編集手帳」）

（注1）交渉：あることを決めるために相手と話し合うこと　　（注2）マニュアル：説明書

（注3）厳密な：厳しく細かい　　（注4）お年玉：正月に子供が親や親戚からもらうお金
　　　　　　（きび）　　　　　　　　　　　　　　　　　　　　　　　　　（しんせき）

（注5）反響：人々から、こたえが返ってくること

問1　上の文の会話の中で、「Ａ」「Ｂ」は何をさすか。

　　1．姉と弟　　　　　　　　　　　　2．数学の言葉と日常の言葉

　　3．自転車とゲーム機　　　　　　　4．学校と家庭

問2　①の「日本語」とは、どのような日本語か。

　　1．日常の言葉づかい　　　　　　　2．厳密な言葉づかい

　　3．学校や家庭で用いられる日本語　4．誤解を招く日本語

問3　上の会話で、②「誤解」した人はだれか。

　　1．姉　　　　　　2．弟　　　　　　3．母　　　　　　4．姉と母

問4　上の会話で「誤解」した人は、どのように思ったのか。

　　1．お年玉で自転車とゲーム機の両方が買えると思った。

　　2．お年玉をそんなにたくさんもらわなかったと思った。

　　3．お年玉で自転車、ゲーム機のどちらか一つが買えると思った。

　　4．ふつうの言葉と数学の言葉で意味が違うことがあると思った。

問5　（　③　）に入る適当なものを選べ。

　　1．自転車は買えるんだけど　　　　2．ゲーム機は買えるんだけど

　　3．買えるのは片方だけだよ　　　　4．両方買えるんだよ

問6　④「今一つだった」と合うのはどれか。

　　1．反応がその時だけで、続かなかった。

　　2．その時は反応がまったくなかった。

　　3．反響がぜんぜんなかった。

　　4．反響がそんなに多くなかった。

模擬テスト　解答

問題Ⅰ ［4点×6問］　問1(1) 1　(2) 3　問2(1) 4　(2) 2　問3(1) 3　(2) 4
問題Ⅱ ［4点×6問］　問1(1) 1　(2) 2　問2(1) 4　(2) 1　問3(1) 1　(2) 2
問題Ⅲ ［5点×8問］　(1) 2　(2) 2　(3) 2　(4) 4　(5) 3　(6) 1　(7) 4　(8) 1
問題Ⅳ ［4点×3問］　(1) 2　(2) 4　(3) 1

文字・語彙　成績　＿＿／100点

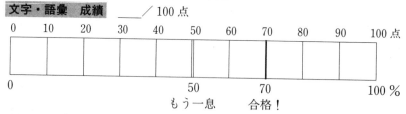

もう一息　　合格！

文法　解答

問題Ⅰ ［5点×17問］　(1) 1　(2) 2　(3) 4　(4) 1　(5) 3　(6) 4　(7) 1　(8) 3　(9) 2　(10) 3　(11) 4
(12) 1　(13) 4　(14) 1　(15) 2　(16) 3　(17) 1
問題Ⅱ ［5点×3問］　(1) 4　(2) 2　(3) 1

文法　成績　＿＿／100点

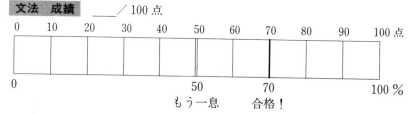

もう一息　　合格！

読解　解答

問題Ⅰ
(1)［7点×4問］　問1 2　問2 4　問3 2　問4 1
(2)［6点×2問］　問1 2　問2 2
(3)［6点×3問］　問1 2　問2 1　問3 3
問題Ⅱ ［7点×6問］
問1 3　問2 2　問3 1　問4 1　問5 3　問6 4

読解　成績　＿＿／100点

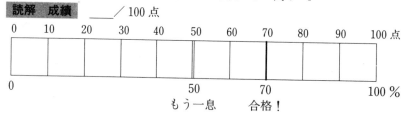

もう一息　　合格！

著者略歴

星野恵子（ほしの　けいこ）

東京芸術大学音楽学部卒業（専攻：音楽学）。名古屋大学総合言語センター講師などを経て、現在、ヒューマン・アカデミー日本語学校主任講師、エコールプランタン日本語教師養成講座講師。共著書に、『実力アップ！日本語能力試験』シリーズ、『にほんご90日』（いずれもユニコム）がある。

辻 和子（つじ　かずこ）

京都大学大学院農学研究科修士修了。弥勒の里国際文化学院日本語学校専任講師、富士国際学院日本学校講師を経て、現在、ヒューマン・アカデミー日本語学校東京校専任講師。共著書に『にほんご90日』（ユニコム）がある。

村澤慶昭（むらさわ　よしあき）

筑波大学第二学群日本語・日本文化学類卒業、東京大学大学院医学系研究科修了。横浜国立大学、東京音楽大学、國學院大學、東京国際大学付属日本語学校講師。共著書に、『にほんご90日』（ユニコム）『にほんごパワーアップ総合問題集』（ジャパンタイムズ）などがある。

鴻儒堂出版社 日本語能力試驗系列

日本語能力試驗　　　1 級受驗問題集（單書 180 元，書+卡 420 元）
　　　　　　　　　　2 級受驗問題集（單書 180 元，書+卡 420 元）
　　　　　　　　　　3 級 · 4 級受驗問題集（附 CD 不分售，420 元）

松本隆 · 市川綾子 · 衣川隆生 · 石崎晶子 · 瀨戶口彩　編著

　　本系列書籍的主旨，是讓讀者深入了解每個單元所有的問題，並
對照正確答案，找錯誤癥結所在，最後終能得到正確、完整的知識。
每冊最後均附有模擬試題，讀者可將它當成一場真正的考試，試著在
考試的時間內作答，藉此了解自己的實力。

1 級　日語能力測驗對策　2 回模擬考
　　石崎晶子／古市由美子／京江ミサ子　編著
2 級　日語能力測驗對策　2 回模擬考
　　瀨戶口彩／山本京子／淺倉美波／歌原祥子　編著

　　以 2 回模擬考來使日語實力增強，並使你熟悉正式日語能力測驗時
的考試題型，熟能生巧。並有 CD 讓你做聽力練習，兩者合用，更可測
出自己的實力，以便在自己的弱點上多作加強。
1 級（含 CD2 枚）定價：580 元
2 級（含 CD2 枚）定價：580 元

これで合格　日本語能力試驗　　1 級模擬テスト
これで合格　日本語能力試驗　　2 級模擬テスト
衣川隆生 · 石崎晶子 · 瀨戶口彩 · 松本隆　編著
　　本書對於日本語能力測驗的出題方向分析透徹，同時提供了答題訣
竅，是參加測驗前不可或缺的模擬測驗！
1 級（含錄音帶）：480 元
2 級（含錄音帶）：480 元

日本語能力試験　1級に出る重要単語集

松本隆・市川綾子・衣川隆生・石崎晶子・野川浩美・
松岡浩彦・山本美波　編著

◆本書特色

有效地幫助記憶日本語１級能力試驗常出現的單字與其活用法。

左右頁內容一體設計，可同時配合參照閱讀，加強學習效果。

小型 32 開版面設計，攜帶方便，可隨時隨地閱讀。

可作考前重點式的加強復習，亦可作整體全面性的復習。

例文豐富、解說完整，測驗題形式與實際試題完全一致。

索引附重點標示，具有字典般的參考價值。

書本定價：200 元

一套定價（含 CD）：650 元

日本語能力試験漢字ハンドブック

アルク日本語出版社編輯部　編著

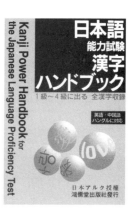

　　漢字是一字皆具有意義的「表意文字」，就算一個漢字有
很多唸法，但只要知道漢字意思及連帶關係就可以掌握漢
字，所以只要認得一個漢字，也就可以記住幾個有關連的單
字。本辭為消除對漢字的恐懼，可以快速查到日常生活中用
到的漢字意思及使用方法而作成的，並全面收錄日本語能力
試驗一到四級之重要單字。

定價：220 元

日本語測驗 STEP UP 進階問題集系列　好評發售中

日本語測驗 STEP UP
進階問題集　初級

日本語測驗 STEP UP
進階問題集　上級

日本語測驗 STEP UP 進階問題集
上級聽解（附 CD）

アルク授權　鴻儒堂出版社發行

理解日語文法

（原書名為：よくわかる文法）

藤原雅憲　編著

定價：250 元

　　一般人對文法的印象不外乎有很多的整理的表格，及令人頭痛的複雜形式，本書希望大家不要對學習日語文法這件事產生恐懼或排斥，重新把自己當成一個初學者來學習。

　　第一章~第八章是講解文法，第九章是文法指導，第十章是文字・表記。要如何構成一篇文章是本書的重點，特別希望初級學習者能有此概念，並將基本的基礎打穩。現在市面上雖然有各式各樣、許許多多有關文法的書籍，但本書希望能真正帶給學習者的是紮實且穩固的良好基礎！是本值得購買的書籍。

日本アルク授權　鴻儒堂出版社發行

國家圖書館出版品預行編目資料

日本語測驗 STEP UP 進階問題集＝Self-garded
Japanese language test progressive
exercises international level.　中級 / 星野惠
子，辻 和子，村澤慶昭著.　-- 初版.　－
臺北市：鴻儒堂，民 90
　　　面；公分

ISBN　957-8357-35-4 (平裝)

1.日本語言—問題集

803.189　　　　　　　　　　　　90007370

自我評量法
日本語測驗　STEP UP
進階問題集　中級

Self-graded Japanese Language Test Progressive Exercises

Intermediate Level

定價：200 元

2001 年（民 90）6 月初版一刷
2007 年（民 96）7 月初版二刷
本出版社經行政院新聞局核准登記
登記證字號：局版臺業字 1292 號

著　　者：星野惠子・辻和子・村澤慶昭
發 行 人：黃　成　業
發 行 所：鴻儒堂出版社
地　　址：台北市中正區開封街一段 19 號 2 樓
電　　話：02-23113810、02-23113823
傳　　真：02-23612334
郵政劃撥：01553001
電子信箱：hjt903@ms25.hinet.net
法律顧問：蕭雄淋律師

鴻儒堂出版社設有網頁歡迎多加利用

網址：http://www.hjtbook.com.tw